3秒就通 日本語 聊天話匣子 222場景

MP3

西村惠子・山田玲奈　合著

ぶり。

話排行榜
彩好句
OP 9！

今夜
会えない。

音楽は
いいですね。

山田社

前言

Preface

跟日本朋友聊天1分鐘就停掉了嗎？
好不容易開了話題，說著說著就沒了，
如何跟日本人，
好像天生對頭，越聊越投機呢？

本書幫您準備了:

(1) 222個聊天話匣子，從參加派對、聊八卦、租房子、吃喝玩樂各種歡樂話題，都能輕鬆說。

(2) 17個生活場景，在日本絕對用得到，和日本朋友還能聊上幾分鐘不冷場。

(3) 想說什麼自己掌握！精選您需要的TOP例句。

(4) 精彩到位的翻譯，讓您過癮又驚豔。

這些願望一點都不難！《3秒就通 日本語聊天話匣子222場景》通通能幫您實現！無論是旅遊、交友、赴日本生活，只要循從「說好日語3法則」，帶領您「走捷徑」達成各種心願！

法則1：「17個生活場景，222個話匣子！」

嚴選出生活場景17個，內涵共222個話題，讓您聊天不中斷，話題一路通！且每個話題之間層層相連、環環相扣。您可把它當作一本小說，文中所描寫各個人物、每個事件、每種說法，都會是您今後和日本人聊天的最佳話題佐料！

法則2：「想學好日語，把您美好精彩的生活與事物，寫在日記上、PO在FACEBOOK上！」

想像一下：早晨起床打開窗戶，發現今天的空氣格外清爽，是不是很想在日記上、網誌上，為這個美好的早晨留下記錄呢？試著用日語，為自己創造一個絕佳的練習機會！只要簡簡單單寫下一句「朝の空気は気持ちがいい。」（早上空氣真好）。發自內心所以自然有味，而且永遠不會忘！

一開始若沒把握也別擔心，請參考《3秒就通 日本語聊天話匣子222場景》的經典範文！久而久之培養起用日語記錄生活的習慣，即使沒有時間寫下來，與三五好友試著用日語分享今天的生活與心情，也是很好的辦法喔！

您會發現，將日語沿伸到您生活中的每個角落，世界更大、人生更豐富！

法則3：「要說什麼自己掌握！您需要精選Top例句！」

日常用語何其多，而且變化多端，大部分的讀者都局得難以預測。因此您需要更貼近潮流日本的資訊！

《3秒就通 日本語聊天話匣子222場景》為了讓您更接近時尚的、潮流的日語實用對話，每一單元為您精選出使用頻率最高的「Top例句」！這些例句不僅是日本人生活中的常用句，還是您在日本電視、廣播、街頭電視牆隨處可聽見；雜誌、報紙上隨處可看見的「潮流句」！配合全彩印刷插圖，流露出濃濃的時尚味！拿在手上像一本時尚筆記書，連日本人也會對您說「おしゃれですね！」（好流行喔！）。

CHAPTER 1 每天的日程安排

1 早上起床 8
2 早上做的事 8
3 吃早餐 9
4 出門啦 9
5 吃午餐 10
6 一天的活動 10
7 吃晚餐了 11
8 晚上的活動 11
9 洗澡 12
10 肌膚保養 12
11 睡覺了 13

CHAPTER 2 我的家人

1 家人 13
2 祖父母 14
3 父親 14
4 母親 15
5 我與父母 15
6 哥哥 16
7 姊姊 16
8 弟弟 17
9 妹妹 17
10 兒女 18
11 親戚 18
12 將來的希望 19
13 宗教 19

CHAPTER 3 外表

1 外貌（一） 20
2 外貌（二） 20
3 外貌的改變 21
4 臉部 21
5 髮型 22
6 體型（一） 22
7 體型（二） 23
8 化妝 23
9 頭髮 24
10 肥胖 24
11 瘦身 25

CHAPTER 4 性格

1 性格 25
2 積極的性格 26
3 消極的性格 26
4 習慣 27
5 喜歡的事 27
6 不喜歡的事 28
7 好心情 28
8 壞心情 29
9 感情 29
10 困擾的事 30
11 希望 30
12 好用的那一句 31

CHAPTER 5 朋友

1 介紹 31
2 交朋友（一） 32
3 交朋友（二） 32
4 好友 33
5 損友 33
6 吵架（一） 34
7 吵架（二） 34
8 老朋友 35
9 談論朋友（一） 35
10 談論朋友（二） 36

CHAPTER 6 愛

1 愛情 36
2 戀愛（一） 37
3 戀愛（二） 37
4 熱戀 38
5 分離（一） 38
6 分離（二） 39
7 求婚 39
8 結婚 40
9 婚前憂鬱症 40
10 離婚 41

CHAPTER 7 嗜好

1 登山看風景 41

2 讀書 42
3 雜誌 42
4 報紙 43
5 電腦、網路 43
6 樂器 44
7 音樂 44
8 電視節目 45
9 電影 45
10 唱歌 46
11 畫圖 46
12 拍照 47
13 攝影及照片 47
14 收集 48

CHAPTER 8 運動

1 運動 48
2 足球 49
3 游泳 49
4 網球 50
5 棒球 50

CHAPTER 9 假日

1 休閒活動 51
2 演唱會 51
3 戲劇 52
4 公園（一） 52
5 公園（二） 53
6 動物園 53
7 動物 54
8 植物園 54
9 美麗的花朵 55
10 訂票 55
11 規劃旅行 56
12 推薦行程 56
13 旅遊情報 57
14 預約飯店 57
15 旅行實錄 58
16 國家 58
17 大自然-山 59
18 大自然-海、河川 59
19 大自然-天空 60

CHAPTER 10 日常生活

1 找公寓 60
2 看房子 61
3 佈置新家 61
4 作客必備寒暄 62
5 到朋友家-聊天 62
6 派對邀請和送客 63
7 準備派對 63
8 派對的擺設 64
9 派對中用餐 64
10 派對中聊天 65
11 告辭 65
12 問路-指示的說法 66
13 問路-對話 66
14 詢問公車 67
15 搭公車 67
16 電車真方便 68
17 搭電車的常識 68
18 搭電車常見的規則及意外 69
19 地下鐵 69
20 計程車 70
21 機場內 70
22 搭飛機、船 71
23 騎腳踏車 71
24 開車與行車守則 72
25 電話 72
26 郵局、銀行 73
27 信件與明信片（一） 73
28 信件與明信片（二） 74
29 便利的圖書館 74
30 圖書館借還書須知 75
31 節約 75
32 志工活動 76
33 出差錯（一） 76
34 出差錯（二） 77
35 事故 77
36 花錢開銷 78
37 金錢問題 78
38 遭小偷、東西不見了 79
39 天災人禍 79
40 防範各種災害 80

CHAPTER 11 家事

1 居家現狀 80
2 房間 81
3 理想的居家環境 81
4 家庭主婦的日課 82

5 打掃 82
6 洗滌 83
7 廚房工作 83
8 烹煮下廚 84
9 餐具的擺飾及收拾 84
10 整理花園 85
11 裝潢家 85
12 修理 86
13 其它的家事 86

CHAPTER 12 飲食生活

1 生鮮食品 87
2 打聽餐廳 87
3 邀約與預約餐廳 88
4 到餐廳 88
5 用餐結帳 89
6 用餐習慣 89
7 在家吃飯、飯後甜點 90
8 外送到家 90
9 酒類 91
10 飲料 91
11 料理 92
12 味道的好壞 92
13 味道與佐料 93

CHAPTER 13 逛街購物

1 幫忙跑腿 93
2 商店街 94
3 便利商店、超市、百貨公司 94
4 店家情報 95
5 價格 95
6 購物高手 96

CHAPTER 14 流行

1 打扮 96
2 衣服 97
3 襯衫 97
4 大衣、外套、毛衣、西裝外套 98
5 褲子、裙子 98
6 修改衣服 99
7 鞋子、襪子 99
8 領帶、手帕 100
9 帽子、眼鏡、鈕釦 100
10 流行配件 101
11 時尚流行 101
12 美容院 102

CHAPTER 15 健康

1 不好的生活作息 102
2 健康的生活作息 103
3 生病 103
4 疲勞 104
5 頭痛發燒 104
6 肚子出毛病 105
7 筋骨痛 105
8 牙齒 106
9 危急應變 106
10 給醫師看病 107
11 藥物 107
12 醫院與醫生 108

CHAPTER 16 一年的節日

1 時間 108
2 星期 109
3 年月日 109
4 新年 110
5 生日 110
6 紀念日 111
7 宴會 111
8 聖誕節 112
9 歲末 112
10 春天例年行事 113
11 夏天例年行事 113
12 秋天例年行事 114
13 冬天例年行事 114

CHAPTER 17 天氣

1 晴天 115
2 下雨、下雪 115
3 陰天 116
4 溫度 116
5 春 117
6 夏 117
7 秋 118
8 冬 118

CHAPTER 1 每天的日程安排
CHAPTER 2 我的家人
CHAPTER 3 外表
CHAPTER 4 性格
CHAPTER 5 朋友
CHAPTER 6 愛
CHAPTER 7 嗜好
CHAPTER 8 運動
CHAPTER 9 假日
CHAPTER 10 日常生活
CHAPTER 11 家事
CHAPTER 12 飲食生活
CHAPTER 13 逛街購物
CHAPTER 14 流行
CHAPTER 15 健康
CHAPTER 16 一年的節日
CHAPTER 17 天氣

早上起床編

MP3-1

常用No.1 私は毎朝7時に起きます。

我每天早上七點起床。

2 そろそろ起きないと学校に遅れるよ。

再不起床，上學就要遲到囉。

3 もっと寝ていたいなあ。

真想再多睡一點哪。

4 朝が来て外が明るくなった。

到了早晨，屋外呈現出一片光亮。

5 朝が来て星が一つずつ消えていく。

到了早晨，星星一顆接著一顆消失了。

6 朝の空気は気持ちがいい。

早晨的清新空氣讓人覺得神清氣爽。

7 目覚まし時計が鳴らなかった。

鬧鐘沒有響。

8 目覚まし時計をかけ忘れました。

忘了設定鬧鐘的鈴響時間。

9 二度寝してしまった。

又睡了回籠覺。

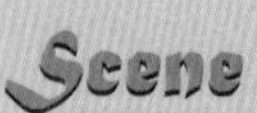

Scene 2 MP3-2

早上做的事

常用No.1 起きたらすぐ顔を洗います。

起床後立刻去洗臉。

2 歯を磨きます。

刷牙。

3 メールをチェックします。

檢查郵件。

4 朝早く起きて体操をします。

一早起床後就做體操。

5 毎朝5時に起きて散歩をします。

每天清晨五點起床後去散步。

6 学校へ行く前に、犬の散歩に行きます。

要上學之前，先帶小狗去散步。

7 おじいちゃんは毎日ラジオ体操をしています。

爺爺每天早上都會隨著收音機裡的晨操廣播做體操。

8 あっ、8時だ。朝のニュースを見よう。

啊！已經八點了。我們來看晨間新聞吧！

9 朝起きたら、すぐに1杯の水を飲みます。

早上一起床，馬上喝一杯水。

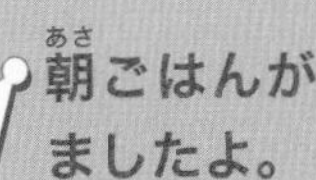

Scene 3 吃早餐

MP3-3

常用 No.1 朝ごはんができましたよ。

早餐已經準備好囉。

2 朝食はだいたいパンです。

通常吃麵包當早餐。

3 朝をちゃんと食べなくてはだめですよ。

每天都一定要確實吃早餐才行喔！

4 朝はパンと牛乳でした。

今天早餐吃的是麵包和牛奶。

5 朝ごはんはパンと玉子焼きと野菜サラダでした。

今天早餐吃的是麵包、日式煎蛋、還有蔬菜沙拉。

6 よく眠れたので朝ごはんがおいしい。

由於昨晚一夜好眠，所以覺得今天早餐吃起來格外美味。

7 朝は簡単にすませます。

早餐隨便吃吃打發。

8 朝ごはんはもうすみましたか。

請問您已經用過早餐了嗎？

9 朝、しっかりご飯を食べないと体に悪いよ。

如果不好好吃早餐的話，將會有礙身體健康。

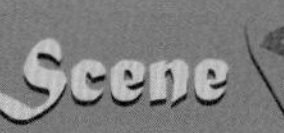

Scene 4 出門啦

MP3-4

常用 No.1 気をつけてね。

路上小心哪。

2 いってきます。

我出門了。

3 行ってらっしゃい。

小心慢走喔。

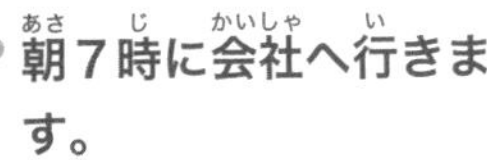

4 朝7時に会社へ行きます。

早上七點要去上班。

5 今日は寒いから、暖かい服を着なさいね。

今天很冷，要穿暖和一點喔！

6 遅れるよ。早く出かけないか。

還不快點出門的話，會遲到的唷！

7 急ぐから先に行くよ。

我快來不及了，要先出門囉！

8 遅れるから急いで！早く！

快一點，要不然會遲到的！快快快！

9 もう少しで遅刻するところでした。

差一點就遲到了。

Scene 5 MP3-5

吃午餐

常用No.1 おなかがすいた。

肚子餓了。

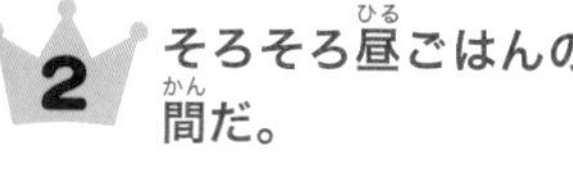

2 そろそろ昼ごはんの時間だ。

差不多該是吃中飯的時候囉。

3 昼ごはんは何にしましょうか。

午餐要吃什麼呢？

4 昼ごはんまでまだ1時間もあるが待てない。

距離午餐時刻還有一個鐘頭，但是實在等不下去了。

5 お昼はいつもお弁当です。

午餐多半都吃便當。

6 たまに寿司でも食べましょう。

偶爾來吃個壽司吧。

7 今朝から何も食べてません。

我從一大早到現在都還沒吃東西。

8 それじゃおなかがすいたでしょう。

那麼想必肚子已經餓扁了吧？

9 朝、食べるのが遅かったので、昼ごはんはいらない。

今天很晚才吃早餐，所以吃不下午餐。

Scene 6 MP3-6

一天的活動

常用No.1 昼休みは1時間しかありません。

中午休息時間只有一個小時而已。

2 昼のニュースが始まります。

要開始播報午間新聞。

3 昼休みなら、会社を抜け出すことができます。

如果是中午休息時間，就能離開公司一下。

4 昼休みはグランドでサッカーをして遊びます。

中午休息時間會在操場踢足球玩耍。

5 今日の講義は昼からです。

今天的課程從中午開始上課。

6 今日は残業することになりそうです。

今天恐怕得留下來加班。

7 私の家の門限は6時半です。

我家的門禁是六點半。

8 昼は家にいませんが、夜はいます。

我白天不在家，但是到晚上就會回來。

9 昼は寝て、夜は仕事をしている。

現在都是白天睡覺，晚上工作。

Scene 7 吃晚餐了

MP3-7

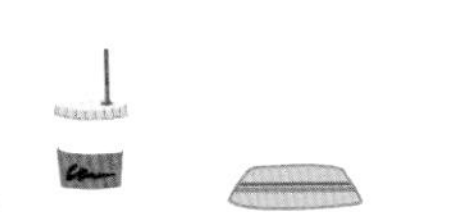

常用 No.1 晚ご飯は何にしようか。

晚餐想吃什麼呢？

2 晩ご飯ができましたよ。

晚飯已經準備好囉。

3 7時ごろ晩ご飯を食べます。

七點左右要吃晚餐。

4 もう6時だわ。晩の支度をしなくちゃ。

已經六點囉，得開始準備晚餐才行。

5 晩ご飯はまだなんですか。おなかがペコペコですよ。

晚飯還沒好嗎？肚子已經餓扁了耶！

6 今日の晩ご飯は何にしましょう。

今天晚餐要吃些什麼？

7 あまりおなかがすいてないから、軽いものがいいな。

肚子不大餓，吃點輕食就好了。

8 晩ご飯に間に合うように帰ってきてね。

要準時回來吃晚飯喔！

9 家族みんなで食べる晩ご飯がおいしい。

全家人一起吃的晚餐，感覺特別美味。

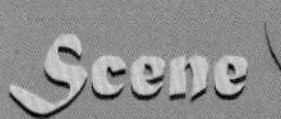

Scene 8 晚上的活動

MP3-8

常用 No.1 私は毎日8時からドラマを見ます。

我每天八點開始看連續劇。

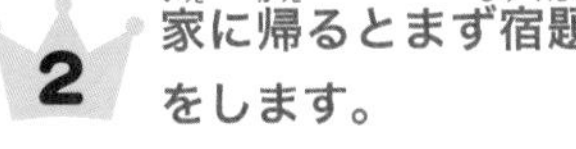

2 家に帰るとまず宿題をします。

一回到家以後，首先寫功課。

3 アフター5にはデートの約束があります。

下班後已有約會。

4 テレビなど見てないで寝なさい。

不要再看電視了，快去睡覺！

5 いつも夜遅くまでテレビを見ていた。

我總是看電視直到深夜。

6 朝から晩までギターの練習をした。

從早到晚都在練習彈吉他。

7 主人はほぼ毎日午前様です。

我先生幾乎每天都是凌晨才回家。

8 夜、暗い道を一人で歩くのは怖い。

我很害怕一個人單獨走夜路。

MP3-9

洗澡

2 熱すぎませんでしたか。

水溫會不會太燙呢？

3 いいえ、とてもいいお風呂でした。

不會，這熱水泡起來舒服極了。

4 暖かい風呂に入って手足を伸ばした。

泡個熱水澡，好好地舒展了筋骨。

常用 No.1 家に帰ったらすぐ風呂に入ります。

一到家後就會立刻去洗澡。

5 お風呂が熱ければ水をたしてください。

如果水溫太燙的話，請加些冷水。

6 外は寒かったでしょう。早くお風呂に入って温まりなさい。

想必外頭很冷吧。請快點洗個熱水澡暖暖身子。

7 うちの子は風呂が嫌いで困ります。

我們家的小孩很討厭泡澡，真是傷腦筋。

8 風呂から上がって冷たいビールを飲むのが楽しみだ。

我最喜歡在泡澡後喝冰啤酒。

MP3-10

肌膚保養

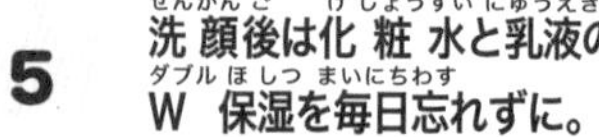

常用 No.1 化粧水でお手入れしています。

用化妝水保養肌膚。

5 洗顔後は化粧水と乳液のW保湿を毎日忘れずに。

每天不忘洗臉後擦化妝水跟乳液雙重保濕。

2 夜は美容液で肌の保湿をしている。

晚上用美容液保濕。

3 夜はクリームで肌を整えている。

晚上用乳霜修復肌膚。

4 夜は化粧水、美容液、クリームの順番でつけます。

晚上的順序是先抹化妝水、美容液，然後乳霜。

6 夜は化粧水とクリームという手抜きケアだった。

晚上偷工減料的只擦化妝水跟乳霜。

7 夜は化粧水しかつけていない。

晚上只擦化妝水。

8 夜は化粧水もクリームもなんにもつけません。

晚上化妝水跟乳霜什麼都不擦。

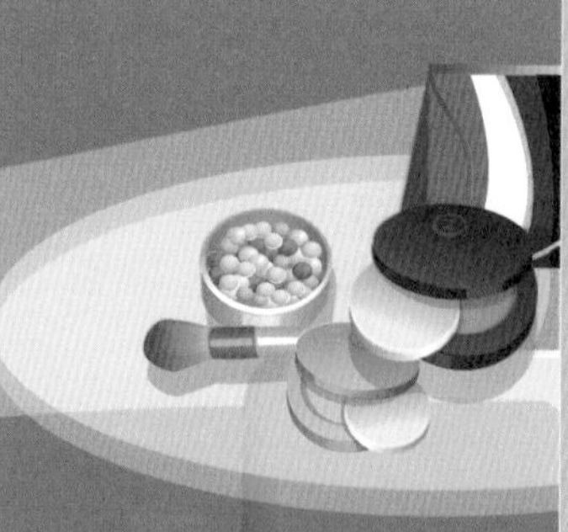

9 夜更かしすると肌が荒れます。

熬夜的話對皮膚不好。

Scene 11 睡覺了

MP3-11

常用No.1 おやすみなさい。

晚安。

2 寝る前に歯を磨きます。

睡覺前刷牙。

3 私はいつも遅く寝るんです。

我總是很晚睡。

4 夕べ歯を磨かないで寝てしまった。

昨天晚上沒刷牙就睡著了。

5 夜10時ごろ寝て、朝5時に起きます。

晚上十點左右睡覺，早上五點起床。

6 休みの日は10時ごろまで寝ています。

假日會睡到十點左右。

7 12時までにはベッドに入ります。

十二點以前會上床睡覺。

8 もう12時だ。早く寝な。

已經十二點了，快點睡覺！

9 よく寝たので気分がいい。

睡得很飽，感覺好舒服。

Scene 家人

MP3-12

常用No.1 私の家は4人家族です。

我家一共有四個人。

2 家族は夫と子供3人です。

我家有先生、孩子、還有我，一共三個人。

3 家族を紹介します。両親と兄です。

容我介紹我的家人：這是家父母以及家兄。

4 父は家族をとても大切にします。

我的父親非常重視家人。

5 私が日本へ行っている間、家族はずっと台湾にいた。

當我前往日本的那段時間，我的家人一直留在台灣。

6 奥さんによろしくお伝えください。

請代我向尊夫人問好。

7 はい、ありがとうございます。

謝謝您的關心。

8 妻と別れ、一人で生きていかなくてはならない。

和妻子分離後，我只能獨自堅強地活下去。

9 家族を心配させないようにしよう。

別讓家人為你擔心吧。

Scene 2 祖父母

MP3-13

常用 No.1 おじいさんは92歳になりますが、とても元気です。

爺爺雖然已經高齡九十二了，但還是十分健壯。

2 おじいさんとおばあさんはいつも一緒だ。

爺爺跟奶奶兩人總是形影不離。

3 おじいさんから正月のお祝いをいただいた。

我領到了爺爺給我的新年紅包。

4 おばあさんは肩が痛いようだ。

奶奶的肩膀似乎會痛。

5 おばあさんから料理を習いました。

我向奶奶學習了烹飪技巧。

6 おじいさんから昔の話を聞いた。

爺爺告訴了我一些往事。

7 おじいさんが話をしたがっていたので相手になってあげました。

由於爺爺很想找人聊聊天，所以我去陪陪他，聽他說說話。

8 お孫さんが3人もいるんですか。

您已經有三個孫子了呀？

9 とてもおばあさんには見えませんね。

真看不出來您已經當上祖母了耶。

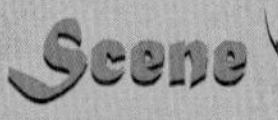

Scene 3 父親

MP3-14

常用 No.1 父は来年65になります。

我的父親明年65歲。

2 父は会社員です。

家父是上班族。

3 父が一生懸命働いて、私たちを育ててくれました。

家父拚了命地工作，把我們這些孩子撫養長大。

4 父は旅行会社に勤めています。

家父在旅行社工作。

5 父は厳しい人でした。

家父為人嚴謹。

6 父は元気に働いています。

家父依然精神奕奕地工作。

7 お父さん、体に気をつけて仕事をしてください。

爸爸，請您工作不忘保重身體！

8 これは父からもらった時計です。

這是爸爸給我的手錶。

9 お父さん、プレゼントありがとう。

爸爸，謝謝您送我的禮物。

Scene 4 母親

MP3-15

母は今年、58になります。

家母今年五十八歲。

母は私をとてもかわいがってくれました。

家母特別疼愛我。

母の日に何をプレゼントしようか。

母親節時，送什麼禮物給媽媽好呢？

母は84歳になりますが、とても元気です。

家母雖然已經高齡八十四了，卻依然非常健康。

母はとても元気です。

5

母親一人で4人の子を育て上げた。

我的母親獨自含辛茹苦地帶大了四個孩子。

6

子供たちにとても優しい母でした。

家母是個對孩子們非常溫柔的媽媽。

田舎の母から手紙が来た。

住在鄉下的媽媽寫了信給我。

毎日1回母に電話します。

我每天會打一通電話給媽媽。

母が元気な間に東京へ連れて行ってあげたい。

我想趁媽媽身體還很硬朗時，帶媽媽去東京一遊。

Scene 5 我與父母

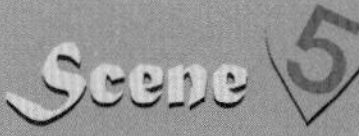

MP3-16

父は母をとても大事にしています。

父とけんかばかりしていました。

我老是和爸爸起爭執。

うちの子はなかなか親の言うことを聞かないんです。

我家的孩子老是不聽爸媽的話。

お父さんは君にああ言ったけど、ほんとうは心配しているんだよ。

爸爸雖然對你說了重話，其實他是非常擔心你的。

父にオートバイを取り上げられた。

爸爸沒收了我的摩托車。

父は気に入らないことがあるとすぐ母に手を上げた。

父親只要一不高興，就會對母親動粗。

父は頭が古くて、私が10時を過ぎて帰ると怒るんです。

家父的觀念守舊，只要我超過晚上十點才回到家，就會惹得他勃然大怒。

7

しばらく会わない間に父の髪の毛はすっかり白くなっていた。

好一陣子沒和父親見面，父親的頭髮全都變白了。

8

子供を持ってはじめて親の気持ちが分かるようになった。

從我有了自己的孩子以後，才終於能夠體會到父母的心情。

9

父は母をとても大事にしています。

父親非常疼惜母親。

Scene 6 哥哥

MP3-17

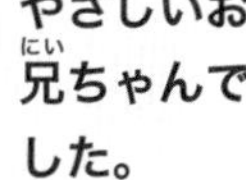

常用No.1 兄が私のめんどうをいつも見ていました。

哥哥經常照顧我。

2 お兄さんがいろんなことを教えてくれた。

哥哥教我很多事情。

3 僕と兄はいつも激しく喧嘩をしていた。

我常跟哥哥吵得不可開交。

4 兄は郵便局に勤めていました。

哥哥之前在郵局上班。

5 兄は野球が上手です。

哥哥很會打棒球。

6 兄は格好がよかったです。

哥哥很帥。

7 やさしいお兄ちゃんでした。

很溫柔的哥哥。

8 僕はいつも兄の後を追いかけていた。

我經常跟在哥哥的後面。

9 お兄ちゃんのこと、大好きです。

我最喜歡哥哥了。

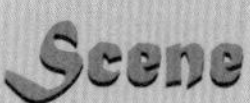

Scene 7 姊姊

MP3-18

常用No.1 お姉さんはあなたよりいくつ上ですか。

請問您的姊姊比您大幾歲呢？

2 姉は明るく面倒見がいいです。

姊姊人很開朗，很會照顧別人。

3 姉との会話はいつも続かない。

跟姊姊老是話不投機半句多。

4 姉と学校が同じでした。

我和姊姊上同一所學校。

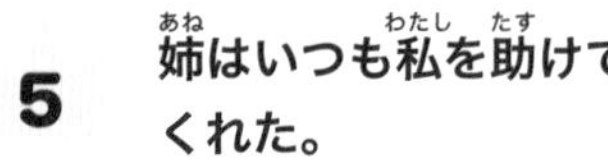

5 姉はいつも私を助けてくれた。

姊姊經常幫助我。

6 このスカートは姉からもらったものです。

這條裙子是姊姊給我的。

7 姉は結構優秀です。

姊姊很優秀。

8 お姉ちゃんは一人暮らしを始めた。

姊姊開始一個人過生活。

9 姉は夜遅く帰ることが多い。

姊姊經常晚歸。

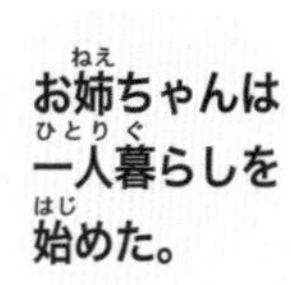

弟弟

弟(おとうと)が一人(ひとり)います。

我有一個弟弟。

2 弟(おとうと)は三(みっ)つ下(した)です。

弟弟比我小三歲。

弟(おとうと)はまだ学生(がくせい)です。

我的弟弟還在上學。

いつも弟(おとうと)と遊(あそ)んでいるのです。

經常跟弟弟一起玩耍。

弟(おとうと)はいつも明(あか)るい声(こえ)で笑(わら)っています。

弟弟經常笑得很開朗。

私(わたし)より弟(おとうと)のほうが頭(あたま)がいい。

弟弟的腦筋比我聰明。

弟(おとうと)はまだ学生(がくせい)です。

弟(おとうと)はいつもみんなに迷惑(めいわく)かけていた。

弟弟老跟大家添麻煩。

小(ち)いさいころ弟(おとうと)とよくけんかした。

小時候，我常和弟弟吵架。

声(こえ)が似(に)ているので電話(でんわ)で弟(おとうと)と間違(まちが)えられます。

由於我和弟弟的聲音很像，所以打電話來的人常分不清楚是誰。

妹妹

末(すえ)の妹(いもうと)は、嫁(よめ)に行(い)ってしまった。

僕(ぼく)には、三(みっ)つ下(した)の妹(いもうと)がいます。

我有小我三歲的妹妹。

妹(いもうと)はわがままです。

妹妹很會耍性子。

とてもかわいい妹(いもうと)さんですね。

你妹妹真是可愛。

妹(いもうと)は明(あか)るいです。

妹妹很活潑。

妹(いもうと)はいつもニコニコ笑(わら)っている。

妹妹經常笑嘻嘻的。

元気(げんき)な妹(いもうと)ができて嬉(うれ)しいです。

有個活潑的妹妹，我真感到高興。

妹(いもうと)はいつもお兄(にい)ちゃんが大好(だいす)きであとを追(お)う。

妹妹最喜歡哥哥，總是跟在他後面。

妹(いもうと)さんもずいぶん大(おお)きくなりましたね。

您的妹妹已經長這麼大了呀。

末(すえ)の妹(いもうと)は、嫁(よめ)に行(い)ってしまった。

最小的妹妹，嫁出去了。

Scene 10 兒女

MP3-21

女の子が二人います。

常用No.1 男の子が生まれました。

生下了一個男孩。

2 お子さんはいくつになりましたか。

請問您的孩子幾歲了呢？

3 10歳になりました。

已經十歲了。

4 男の子でも女の子でもどっちでもいいです。

無論是男孩或女孩都一樣好。

5 うちには男の子が一人、女の子が二人います。

我家有一個男孩、兩個女孩。

6 子供が3人いますが、みんなもう大学生です。

我有三個孩子，已經全都是大學生了。

7 子供たちの学費を考えると不安でしょうがない。

只要一想到孩子們的學費，我就忐忑不安。

8 息子に柔道を習わせたいと思っています。

我想讓兒子去學柔道。

9 30歳を過ぎても結婚しない娘のことを考えると頭が痛い。

只要一想到女兒已經過了三十歲卻還沒結婚，就讓我就睡不著覺。

Scene 11 親戚

MP3-22

常用No.1 おじは父によく似ています。

叔叔和家父長得很像。

2 おばは看護士です。

我的姑姑是護士。

3 田舎のおじさんからお土産が届きました。

住在鄉下的表叔寄來了地方特產。

4 おじは母より三つ下です。

舅舅比家母小三歲。

5 おじは酒が強い。

叔叔的酒量很好。

6 子供のころおじにかわいがってもらった。

小時候，伯父非常疼我。

7 おじから手紙が来た。

舅舅寄了信來。

8 おじさんは父と一緒につりに行きました。

堂叔和爸爸一起去釣魚了。

おじさんは父と一緒につりに行きました。

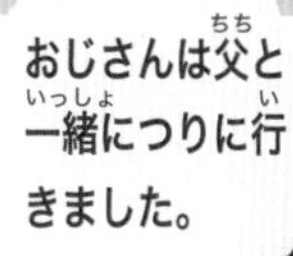

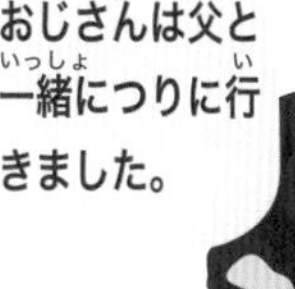

9 東京のおじの家に泊めてもらいました。

我去住在東京的伯父家。

MP3-23

將來的希望

常用No.1 将来何になりたいですか。

你以後想要從事什麼行業？

2 将来は商社で働きたいです。

以後想要在貿易公司工作。

3 早く自立して、親孝行したいです。

想要早點獨當一面，以便孝順父母。

4 まだ分かりません。

我還不知道。

5 ジャーナリストになりたいです。

未來想要當新聞記者。

6 退職したら、南の島でのんびり過ごしたいです。

等我退休以後，想去南方的島嶼過著悠閒的生活。

7 いつか海外で働きたいと思っています。

未來想到國外工作。

8 できるだけ早く、マイホームを建てたいです。

如果能夠的話，希望盡早蓋一棟屬於自己的房子。

9 家族がみんな健康であれば、それで十分幸せです。

只要家人們全都身體健康，就非常幸福了。

MP3-24

宗教

常用No.1 私は無宗教です。

我沒有特定的宗教信仰。

2 私は敬虔なキリスト教信者です。

我是個虔誠的基督徒。

3 日曜日には家族そろって教会へ礼拝に行きます。

星期天會全家一起上教會做禮拜。

4 浄土真宗の何派ですか。

請問是淨土真宗的哪一個教派呢？

5 お盆には必ずお墓参りに行きます。

在盂蘭盆節時，必定會去掃墓。

6 神様に何をお願いしましたか。

請問您向神明許了什麼願望呢？

7 お坊さんと一緒に御経を唱えます。

與僧侶一起誦經。

8 お供え物はもう準備してありますか。

請問已經準備好供品了嗎？

9 食事の前に祈りを捧げます。

在用餐前先禱告。

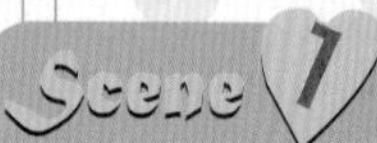

外貌（一）

MP3-25

常用No.1 **私は年より若く見えます。**

比實際年齡看起來年輕。

2 **私は父に似ています。**

我長得像父親。

3 **兄弟3人そっくりです。**

兄弟三人長得一模一樣。

4 **見た目は若いけど、実はもう40歳です。**

外貌看來雖然年輕，其實已經四十歲了。

5 **彼女はいつも若々しいですね。**

她總是充滿青春活力呀。

6 **苦労してきたせいか、年の割に老けて見えます。**

可能是因為過去飽經風霜，看起來比實際年紀還要蒼老。

7 **彼はだんだん格好よくなってきた。**

他越來越帥氣了。

8 **ハンサムだけど、わたし好みの顔じゃないです。**

他的長相雖然英俊瀟灑，卻不是我喜歡的類型。

9 **松嶋菜々子に似ていると言われたことがありませんか。**

請問有沒有人說過您長得和松嶋菜菜子很像呢？

外貌（二）

MP3-26

常用No.1 **父も母も若くなくなりました。**

爸爸和媽媽都已經不再年輕了。

2 **赤ちゃんはみんなかわいい。**

所有的小寶寶都長得很可愛。

3 **おじいさんは年をとっていますが、気持ちはとても若い。**

爺爺雖然上了年紀，但是心態卻非常年輕。

4 **和田さんの奥さんは若くてきれいです。**

和田先生的太太長得年輕貌美。

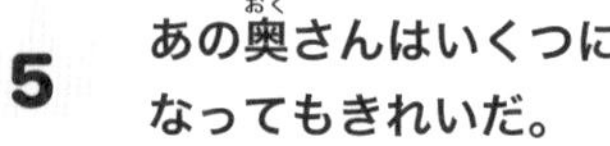

5 **あの奥さんはいくつになってもきれいだ。**

那位太太多年來一直保持著美麗的容貌。

6 **赤ちゃんの手は小さくてかわいい。**

小寶寶的手小小的，好可愛喔。

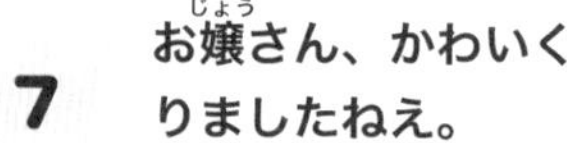

7 **お嬢さん、かわいくなりましたねえ。**

令千金變得越來越可愛囉。

8 **孫はかわいいですねえ。**

我那孫子真是可愛極了。

Scene 3 MP3-27

外貌的改變

常用 No.1 え？別人みたいですね。

哇！？簡直像是另一個人耶。

2 驚きましたわ、今はあんなに痩せているのに。

太讓我驚訝了，她現在的身材那麼苗條耶。

3 本当、全然わからなかったです。

真的耶，完全認不出是她。

4 あら、それ、だれ？

咦，那是誰呀？

5 これですか。大学時代の山田です。

你是說這個人嗎？是大學同學山田。

6 昔はずいぶん太っていましたよね。

是啊，她以前一直都很胖呀。

7 それに、髪も伸ばしてるし。

再加上她把頭髮留長。

8 メガネもかけるようになりましたから。

而且又戴上了眼鏡。

Scene 4 MP3-28

臉部

常用 No.1 よく童顔だと言われます。

我常被人家說有張娃娃臉。

2 すっきりした顔立ちです。

長相五官分明。

3 美人と言うより、かわいい系です。

與其說是美女，不如說是可愛類型的。

4 顔は一人ずつみんな違います。

每個人的長相都不一樣。

5 パッチリした目になりたいです。

真希望有雙明亮有神的大眼睛。

6 堀が深い顔が好きです。

我喜歡輪廓深邃的面孔。

7 純日本風のお顔ですね。

您長得真像日本的古典美女呀。

8 安室奈美恵のような小顔になりたいです。

真希望能和安室奈美惠同樣有張小臉蛋。

9 目鼻立ちがはっきりしている。

眼睛大、鼻梁挺。

Scene 5 髮型

MP3-29

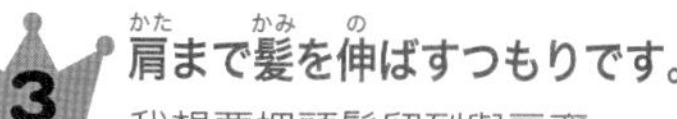
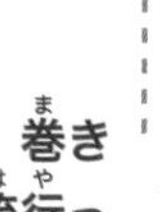

最近、巻き髪が流行っています。

常用No.1 床屋で頭を短くしてもらった。

去理髮店把頭髮剪短了。

2 今日はどんなふうにいたしましょうか。

請問您今天想要做什麼樣的髮型呢？

3 肩まで髪を伸ばすつもりです。

我想要把頭髮留到與肩齊。

4 毎日頭を洗います。

每天都會洗頭。

5 最近、巻き髪が流行っています。

最近流行捲髮。

6 お団子ヘアーにするのが最近のお気に入りです。

梳丸子頭是最近比較受歡迎的髮型喔。

7 ポニーテールをしている人を、よく見かけるようになりました。

最近時常看到有人綁馬尾。

8 暑くなってきたので、ショートカットにしようと思います。

由於天氣變熱了，想要剪個短髮。

9 今朝は時間がなかったので、セットできませんでした。

今天早上出門前時間不夠，來不及梳整頭髮。

Scene 6 體型（一）

MP3-30

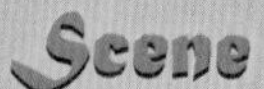

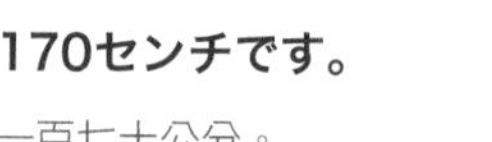

彼女の足は細くてきれいだ。

常用No.1 背はいくらありますか。

請問您有多高呢？

2 170センチです。

一百七十公分。

3 彼女の足は細くてきれいだ。

她的腿很纖細，非常漂亮。

4 足がもう少し長かったら格好いいのに。

假如腿能再長一點，身材可算是很棒的。

5 彼女は体の線がすばらしい。

她的身材曲線真是棒極了。

6 足のつめが伸びた。

腳趾甲變長了。

7 鏡に映った自分の体を見た。

我看到自己映在鏡中的體型了。

8 体が大きくて布団から手や足が出てしまいます。

身材太高大了，結果棉被根本無法蓋住手和腳。

9 太ったのでベルトの穴を開けなくてはならない。

因為變胖了，所以不得不在皮帶上額外打洞。

MP3-31

體型（二）

中肉中背といったところです。

大約是中等身材。

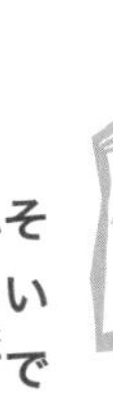

飛ばされそうなぐらい華奢な方です。

2 飛ばされそうなぐらい華奢な方です。

這一位的身材纖瘦得幾乎會被風吹走。

3 最近、おばさん体形になってきた。

最近身材越來越像歐巴桑了。

4 筋肉のしまった良い体をしていますね。

真是肌肉結實的優良體格呀。

5 足が短いので、ジーンズは似合いません。

由於腿短，所以不適合穿牛仔褲。

6 ぽっちゃり気味の人の方が好きです。

我喜歡身材較為豐滿的人。

7 モデルのように細くなりたいです。

我希望能變得和模特兒一樣纖瘦。

8 痩せていますが、筋肉はありますよ。

雖然瘦，卻有肌肉喔。

9 一見、小太りですが、運動神経は抜群だそうです。

乍看之下雖然略胖，但是運動神經似乎高人一等。

MP3-32

化妝

彼女はいつも化粧している。

彼女はいつも化粧している。

她的臉上總是帶著妝。

2 スッピンは誰にも見せられない。

絕不給別人看到我沒化妝的臉孔。

3 化粧しないと別人ですね。

如果不化妝的話，簡直就像是另一個人似的。

4 ノーメイクでもきれいですね。

即使沒化妝也很美麗喔。

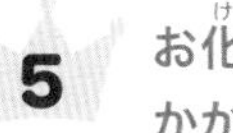

5 お化粧に何分ぐらいかかりますか。

請問您通常花幾分鐘化妝呢？

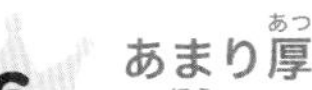

6 あまり厚化粧にしない方がいいですよ。

最好不要化太濃的妝喔。

7 チークの色が濃すぎてなんか変です。

臉頰的腮紅上得太重了，看起來有點奇怪。

8 薄化粧のほうが、清楚な感じで印象がいいと思います。

我認為化淡妝，給人清純的感覺比較好。

9 流行りのメイクを教えてもらいました。

人家教我化正在流行的臉妝。

MP3-33

頭髮

常用No.1

私の髪は茶色です。

我的頭髮是咖啡色的。

2

もともとちょっと癖毛です。

我的頭髮原本就會有點亂翹。

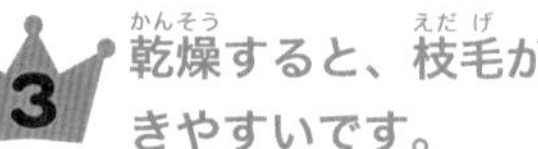

乾燥すると、枝毛ができやすいです。

空氣乾燥的話，頭髮就很容易有分岔。

髪を染めていますか。

請問您有染髮嗎？

私は天然パーマです。

我是自然捲。

6

梅雨時は髪が広がるので、嫌です。

梅雨季節時頭髮就會變得扁塌，真討厭。

7

これは地毛ですか。

請問這是您的真髮嗎？

8

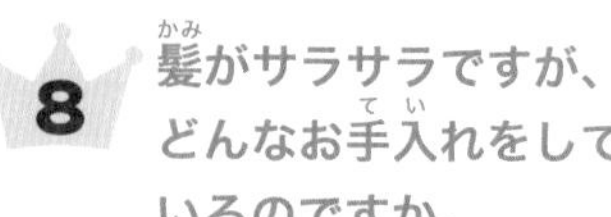

髪がサラサラですが、どんなお手入れをしているのですか。

請問您是用什麼方式來保養這一頭柔順的秀髮呢？

9

つやがあって、きれいな髪ですね。

真是有光澤的美麗秀髮呀。

MP3-34

肥胖

常用No.1

最近、太り始めました。

最近變胖了。

2

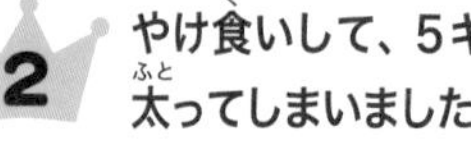

やけ食いして、5キロも太ってしまいました。

因為心情不好而狂吃發洩，結果胖了五公斤之多。

私は痩せの大食いで、いくら食べても全然太りません。

我是個胃口超大的瘦子，不管吃了多少都不會長肉。

正月太りしないように気をつけています。

我有留神別在元月過年期間變胖。

5

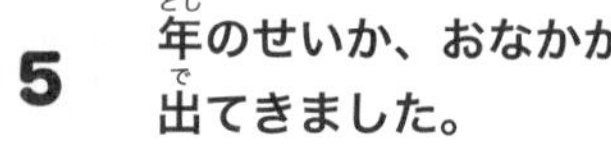

年のせいか、おなかが出てきました。

可能是上了年紀，肚子越來越凸了。

6

この頃、二重あごになってきました。

最近長出了雙下巴。

7

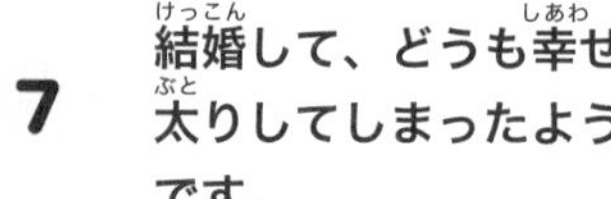

結婚して、どうも幸せ太りしてしまったようです。

結婚以後，可能是日子過得太幸福，似乎變胖了。

8

このビール腹をなんとかしたいです。

真希望能減掉這顆啤酒肚呀。

9

浮腫みやすいので、寝る前には水分を摂らないようにしています。

由於我的體質很容易水腫，所以在睡前會注意盡量不攝取水份。

Scene 11 瘦身

MP3-35

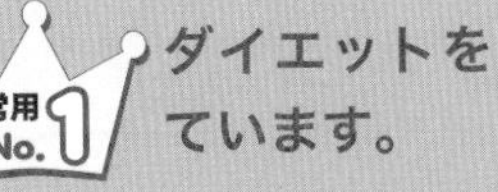

常用No.1 ダイエットをしています。

我正在減重。

夏までにあと3キロ減らしたいです。

2 夏までにあと3キロ減らしたいです。

希望在夏天來臨之前能再減掉三公斤。

3 あまり食べていないのに、一向に痩せません。

明明沒吃什麼東西，卻怎麼也瘦不下來。

4 痩せたら、あのワンピースを買うつもりです。

我打算等瘦下來以後，去買那件洋裝。

5 どんな方法で10キロも痩せたのですか。

請問是用什麼方法瘦下多達十公斤呢？

6 やせ過ぎは体に良くないですよ。

太瘦的話對身體不好喔。

7 ○○ダイエットに挑戦したけど、失敗した。

雖然嘗試了○○減重法，卻沒能成功變瘦。

8 甘いものと脂っこいものを摂らないようにしています。

現在不吃甜食和含油量高的食物。

9 できれば8月までに50キロを切りたいですが。

如果可以的話，希望在八月前瘦到四十幾公斤。

Scene 1 性格

MP3-36

常用No.1 彼女は恥ずかしがり屋です。

她很容易害羞。

2 私は人見知りするタイプです。

我屬於怕生的類型。

3 小林さんは実に礼儀正しい方です。

小林先生真是個進退有禮的人。

4 どんな人が好き？

你喜歡哪種個性的人呢？

5 彼は顔は怖いが気持ちは優しい。

他雖然長相醜惡，但是心地善良。

6 自分のことは自分でします。

自己的事我都自己做。

7 兄は目立つのが好きです。

哥哥喜歡引人注目。

8 年の割にしっかりしていますね。

年紀雖輕，卻很穩重可靠哪。

9 彼は物静かな性格で、いつも一人で本を読んでいます。

他的個性沉穩，總是一個人在看書。

Scene 2 MP3-37

積極的性格

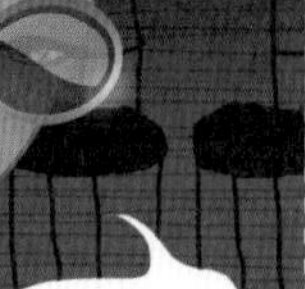

常用No.1 **彼はどんな時も前向きです。**

他在任何時刻都抱持積極的態度。

2 **よく気がきく方ですね。**

真是個善解人意的人呀。

3 **彼女と一緒にいるだけで、元気になれます。**

只要和她在一起，就變得神采奕奕。

4 **本当に心が広いですね。**

心胸真寬大呀。

5 **寛容な方ですね。**

真是個寬容為懷的人呀。

6 **彼はいつも面白いことを言う。**

他經常說些好笑的話。

7 **彼女は明るい性格なので、みんなに好かれています。**

由於她個性開朗，大家都很喜歡她。

8 **見た目は怖いですが、打ち溶けやすい人ですよ。**

他雖然外表很嚇人，其實很容易和人打成一片。

9 **彼女はサバサバしていて、付き合いやすい性格です。**

她的性格很大而化之，很容易在一起相處。

Scene 3 MP3-38

消極的性格

常用No.1 **彼女は自分勝手です。**

她很自私。

2 **あの人は本当におしゃべりですね。**

那個人真是長舌呀。

3 **30歳というのに、ずいぶん幼稚だね。**

都已經三十歲了，竟然還這麼幼稚啊。

4 **彼は意地悪です。**

他心地不好。

5 **父は頑固です。**

父親很頑固。

6 **兄は怒りっぽいです。**

哥哥動不動就生氣。

7 **姉は神経質です。**

姊姊很神經質。

8 **短気な性格を直したいですが、なかなかうまくいきません。**

雖然很想改進急躁的個性，卻遲遲無法如願。

9 **あまりケチケチしていると、友達ができませんよ。**

如果過於一毛不拔的話，可就交不到朋友囉。

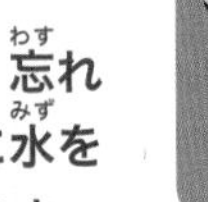

Scene 4 習慣

MP3-39

常用No.1 必ず翌日の準備をしてから寝ます。

一定會先做好隔天出門前的準備才會睡覺。

2 毎日、忘れず花に水をやります。

每天都不忘澆花。

3 週末には決まってテニスの練習に行きます。

每逢週末必定會去練習打網球。

4 彼女はつめを噛む癖がある。

她有咬指甲的習慣。

5 一日5キロ走ることを日課にしています。

每天都固定跑五公里。

6 最低でも1週間に1回は実家に電話をします。

至少每週打一通電話回老家。

7 もう5年以上日記を続けています。

已經持續寫日記五年以上。

8 10年近く、毎朝フルーツジュースを飲んでいます。

近十年來，每天早上都會喝果汁。

9 早寝早起きの習慣がすっかり身に付きました。

已經完全養成早睡早起的習慣了。

Scene 5 喜歡的事

MP3-40

常用No.1 趣味は何ですか。

請問您的興趣是什麼呢？

2 映画を見るのが好きです。

我喜歡觀賞電影。

3 ビールよりワインが好きです。

比起啤酒，我更愛紅酒。

4 私、雨の中、歩くのが好きです。

我喜歡在雨中漫步。

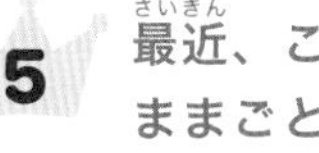

5 最近、この子はままごとに夢中です。

最近這孩子迷上玩扮家家酒。

6 友達と話している時が一番楽しい。

和朋友談天說地時最快樂。

7 お菓子を作っていると、時間が経つのも忘れてしまいます。

做甜點時，渾然不覺時間過了多久。

8 カラオケに行くといいストレス発散になります。

去唱卡拉ＯＫ可以徹底發洩壓力。

9 彼と一緒にお気に入りのＤＶＤを見ている時が、一番好きです。

我最喜歡和男朋友一起看喜歡的ＤＶＤ。

Scene 6 不喜歡的事

MP3-41

常用No.1 病院は嫌いです。

我討厭上醫院。

2 雨の日に出掛けるのは嫌いです。

最討厭在雨天出門。

3 ホラー映画は好きじゃありません。

不大喜歡恐怖電影。

4 ゴキブリが怖い。

我怕蟑螂。

5 辛いものはできるだけ食べたくありません。

盡可能不大想吃辣的東西。

6 肉は嫌いだけれど魚は好きだ。

雖然我討厭吃肉，可是很喜歡吃魚。

7 お酒はあまり飲みたくない。

不大想喝酒。

8 毎日、料理するのが億劫です。

每天都要下廚實在很麻煩。

9 せっかくの休日に、何もしないでだらだら過ごすのは嫌です。

討厭在難得的假日，什麼也不做地閒晃一整天。

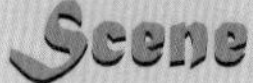

Scene 7 好心情

MP3-42

常用No.1 今日は楽しい一日でした。

今天真是開心的一天。

2 気持ちいいですね。

感覺真舒服哪。

3 彼女はいつもテンションが高いね。

她總是情緒高昂呀。

4 笑いすぎておなかが痛い。

我笑得太激動了，肚子好痛。

5 よく笑うねえ。

你真的很愛笑呢！

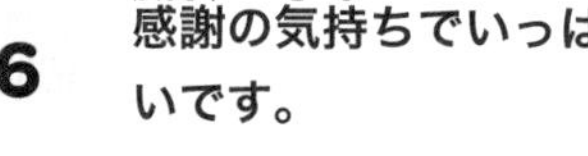

6 感謝の気持ちでいっぱいです。

滿懷感激之情。

7 マーチを聞くと気持ちが明るくなる。

只要聆聽進行曲，心情就會變得豁然開朗。

8 みんなノリノリでお祭りの準備をしています。

大家都興高采烈地正在準備祭典。

9 田宮さんは親切で明るい人なので、一緒にいるととても楽しいです。

由於田宮先生是位既親切又開朗的人，和他共處的時光總是非常愉快。

Scene 8 壞心情

MP3-43

常用No.1 今日はあまり気分が乗りません。

今天的心情不大好。

2 このところちょっと落ち込み気味です。

近來情緒有點低落。

3 何もすることがなくてつまらない。

無所事事，真是無聊透頂。

4 この子、今日はご機嫌斜めみたい。

這孩子今天好像不大高興。

5 今さらどうしようもできません。

事到如今已經無法補救了。

6 テストの結果が悪かったので、凹んでいる。

考試結果並不理想，因此正沮喪著。

7 残念な結果に終わりましたが、後悔はありません。

儘管結果不如人意，但是絲毫沒有後悔。

8 昨日のパーティーは女性ばかりでつまらなかった。

出席昨天那場派對的全都是女生，實在是無聊透了。

9 仕事はうまくいかないし、妻はうるさいし、何もかもいやになった。

工作不順利、妻子又嘮叨，所有的一切快把我逼瘋了。

Scene 9 感情

MP3-44

可愛がっていた犬が死んで、とても悲しいです。

常用No.1 私は感情が表に出やすいです。

我很容易把喜怒哀樂寫在臉上。

2 今日はすごく楽しかった。

今天真是太開心了。

3 どうしてそんなに不貞腐れているのですか。

為什麼要那麼不高興呢？

4 理由もなく怒られて、本当に腹立たしい。

毫無來由地被人發洩怒氣，真令我火冒三丈。

5 可愛がっていた犬が死んで、とても悲しいです。

非常疼愛的小狗死了，非常傷心。

6 学生最後の試合で優勝できて、嬉しいといったらない。

學生時代的最後一場比賽能夠獲勝，喜悅之情難以形容。

7 写真の私は、なぜか不安そうな顔をしています。

照片裡的我，不知道為什麼露出滿臉不安的模樣。

8 一人暮らしはやはりさみしいものですよ。

一個人獨自過生活，畢竟是挺寂寞的哪。

9 あの映画を見ると、切なくて涙が出ます。

看了那部電影後，由於太哀傷而淌下淚水。

Scene 10 困擾的事

MP3-45

常用No.1 金(かね)に困(こま)っているんだ。少(すこ)し貸(か)してよ。

我手頭很緊，借我一點錢嘛。

2 あの人(ひと)は約束(やくそく)を守(まも)らないから困(こま)るよ。

那個人很傷腦筋耶，總是說到不做到。

3 毎日(まいにち)帰(かえ)りが遅(おそ)い娘(むすめ)に困(こま)っています。

女兒每天都很晚才回到家，讓我非常擔心。

4 電車(でんしゃ)が事故(じこ)で困(こま)りました。

我搭的那班電車發生了意外事故，實在糟糕極了。

5 夫(おっと)が大酒飲(おおざけの)みで困(こま)っています。

我的丈夫會酗酒，害我傷透了腦筋。

6 困(こま)ったなあ。めがねを忘(わす)れてきた。

這下麻煩了，我忘了帶眼鏡了。

7 その村(むら)は病院(びょういん)もなく、医者(いしゃ)に困(こま)っていた。

這個村莊不僅沒有醫院，連醫師人力也很缺乏。

8 自動車(じどうしゃ)の音(おと)がうるさくて困(こま)っています。

我正飽受汽車噪音的干擾。

9 なかなか洗濯物(せんたくもの)が乾(かわ)かなくて困(こま)ります。

晾曬的衣物遲遲乾不了，真是糟糕。

Scene 11 希望

MP3-46

常用No.1 日本語(にほんご)が上手(じょうず)になりたい。

真希望能夠說得一口流利的日語。

2 金(かね)などいらないから時間(じかん)がほしい。

我寧願用金錢去換取時間。

3 広(ひろ)い庭(にわ)のある家(いえ)に住(す)んでみたいです。

我想要住看看有個大院子的房屋。

4 家内(かない)は旅行(りょこう)に行(い)きたがっているが、私(わたし)は家(いえ)にいたい。

內人雖然很想去旅行，可是我只想待在家裡。

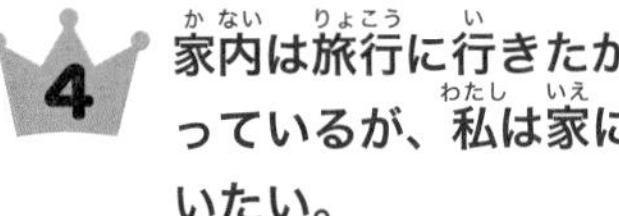

5 静(しず)かな海(うみ)へ行(い)きたいです。

我想要去僻靜的海邊。

6 子供(こども)が家(いえ)へ帰(かえ)りたがっている。

小孩子吵著要回家。

7 会社(かいしゃ)を辞(や)めたら田舎(いなか)に住(す)みたいです。

等我離職以後，想住到鄉下去。

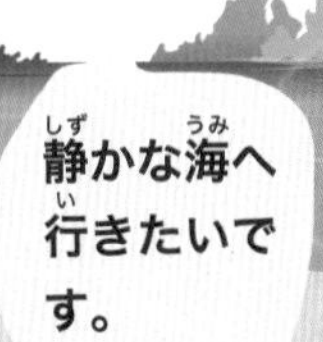

8 どんな人(ひと)と結婚(けっこん)したいですか。

你想要和什麼樣的人結婚呢？

9 お金(かね)があって、背(せ)が高(たか)くて優(やさ)しい人(ひと)がいいです。

我喜歡既有錢，而且身材高大的體貼男人。

Scene 12 MP3-47 好用的那一句

常用No.1 どうも。

謝謝。

2 ちょっとすみません。

不好意思。

3 すみません、ちょっと通してください。

不好意思，麻煩借過一下。

4 すみません、乗ります。

不好意思，我要上車。

5 すみません、降ります。

不好意思，我要下車。

6 前を失礼します。

從您的前面借過，不好意思。

7 あっ、ごめんなさい。

啊！對不起。

8 あっ、失礼しました。

啊！非常抱歉。

9 すみません、そこ、空いてますか。

不好意思，請問那個位置有人坐嗎？

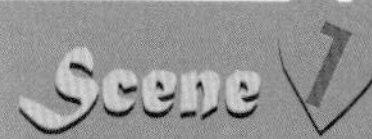

Scene 1 MP3-48 介紹

私は若山と申します。どうぞよろしく。

常用No.1 私は若山と申します。どうぞよろしく。

敝姓若山。敬請多多指教。

2 こちらこそ、どうぞよろしくお願いします。

也請您多多指教。

3 佐野さん、沢村さんを紹介します。

佐野小姐，這一位是澤村先生。

4 ジュゲンムさんですか。珍しい名前ですね。

您是壽玄無先生嗎？這個姓氏好特別喔。

5 内藤さんのお名前は何ですか。

請問內藤先生，您的名字是？

6 父の名前は一郎、母の名前は花子です。

家父的名字是一郎、家母的名字是花子。

7 娘の優子です。

這是小女，名叫優子。

8 こちらは私の古い友達の福島さんです。

這一位是我的老朋友——福島先生。

9 中田さんの名前を永田さんと間違えてしまいました。

我把中田先生的姓氏，錯記成永田先生了。

MP3-49

交朋友（一）

常用 No.1 学生時代に何人かのいい友達を作った。

我在念書的時候交了幾個好朋友。

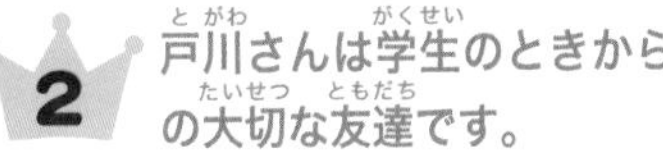

2 戸川さんは学生のときからの大切な友達です。

戶川先生是我從學生時代就有深交的好朋友。

3 彼女は中学校に入って初めての友達です。

她是我進入中學就讀後，第一個交到的朋友。

4 日本人の友達ができましたか。

請問您已經交到日本朋友了嗎？

5 ええ、たくさんできました。

有啊，已經交到很多位了。

6 10歳上の人と友達になりました。

我和大我十歲的人變成了朋友。

7 昔からの友達が死んでさびしい。

有位相交已久的朋友過世了，讓我感到很失落。

8 一緒に遊んだ田舎の友達を思い出します。

我想起了曾在鄉下一起玩耍過的朋友。

9 原宿を歩いていたら中学のときの友達に出会った。

我走在原宿街頭時，恰巧遇到了中學時代的朋友。

Scene 3 MP3-50

交朋友（二）

常用 No.1 あの二人は仲が悪い。

那兩人水火不容。

2 僕と祐樹君は仲良しです。

我和祐樹同學很要好。

3 本音を打ち明けられる友人は少ないものです。

沒有幾個朋友能夠讓我說出真心話。

4 幼稚園で新しいお友達できた？

在幼稚園交到新朋友了嗎？

5 智也君とはもう絶交しました。

我已經和智也同學絕交了。

6 伊藤さんにだけは秘密を打ち明けようと思う。

我只想把秘密告訴伊藤先生一個人。

7 鈴木さんとは知り合いですが、友達ではないです。

我和鈴木小姐雖然相識，卻不是朋友。

8 彼女はあまり心を開いて話してくれません。

她不大願意敞開心胸說出內心話。

Scene 4 好友

MP3-51

常用No.1 花ちゃんは私の大親友です。

小花是我最要好的手帕交。

2 何でも話せる友達がいます。

我有能夠無話不談的好朋友。

3 落ち込んだ時に励ましてくれるのは、彼女だけです。

只有她會在我沮喪的時候給予鼓勵。

4 彼はつらい時に側にいてくれました。

他總是在一旁陪伴我度過難過的時刻。

5 厳しいことを言ってくれる人こそ、本当の友人です。

願意嚴厲批評我們的，才是真正的朋友。

6 彼女はいつも親身になって考えてくれます。

她總是設身處地為人著想。

7 彼はいつも的確なアドバイスをしてくれます。

他總是給予切實的建議。

8 彼女と話していると前向きな気持ちになれます。

只要和她談過以後，想法就會轉為積極正向。

9 彼女はいつも周りのことを第一に考えて行動します。

她在總是將周圍人們列為第一優先考量。

Scene 5 損友

MP3-52

常用No.1 彼は本当に意地悪だ。

他的心眼真的很壞。

2 都合のいい時だけ呼び出すなんて、ひどいね。

只在自己方便的時間叫人出來陪他，真是太過分了啦。

3 あんな人とはもう二度と関わりたくない。

我再也不想和那種人有所牽扯了。

4 彼はすぐに人の悪口／陰口を言う。

他動不動就會說別人的壞話／在背地裡批評別人。

5 彼女は陰で何をしているか分からない。

不知道她在背地裡做些什麼勾當。

6 彼は自分のことばっかり考えている。

他總是想到自己。

7 彼は他人の気持ちを全然考えない人らしいですよ。

他似乎是個完全不為別人著想的人。

8 あの人とはもう付き合いたくない。

我再也不想和他繼續來往了。

9 どこに行っても、一人や二人はいじめっ子がいる。

無論在什麼地方，總會有一兩個會霸凌他人的小孩。

吵架（一）

常用No.1 私なんか嫌いなんでしょう。
你是不是很討厭我？

2 いくらなんでも、そういう言い方は失礼だ。
再怎麼說，那種講法實在太失禮了。

3 君が悪いんだからあやまりな。
這件事是你的不對，快向人家道歉！

4 彼は彼女にひどいことを言ったね。
他對女友說了重話耶。

5 あそこまで言わなくてもいいと思う。
我覺得他犯不著把話說得那麼重吧。

6 君が買ったのになぜ僕が払わなくちゃいけないの？
東西明明是妳買的，為什麼非得要我付錢不可呢？

7 まだ話があるんだ。ちょっと待たないか。
我的話還沒說完！你可不可以聽完再走？

8 いつまでも泣くのはやめないか。
可不可以不要再哭了啊？

9 彼女を相手にけんかしても絶対に勝てない。
倘若想找她吵架的話，是絕對吵不贏她的。

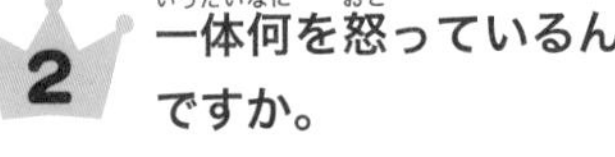

吵架（二）

常用No.1 いつまで怒っているつもりなの？
你到底還要氣多久？

2 一体何を怒っているんですか。
你到底在生什麼氣呢？

3 ちょっと冷静になって話し合いませんか。
可以冷靜下來談一下嗎？

4 もう２週間も彼女と口をきいていません。
已經有兩星期沒跟她講過半句話了。

5 運動場で殴り合いのけんかがあったらしい。
操場上似乎發生了互毆事件。

6 そんなふうに怒鳴らないでください。
請不要那樣高聲怒罵。

7 ちょっと言い争いになっただけです。
只是起了一點口角罷了。

8 彼とけんかしたのは自分も悪かった。
我和他起了爭執，但有部分原因是我的錯。

9 友達とやっと仲直りした。
我和朋友終於重修舊好了。

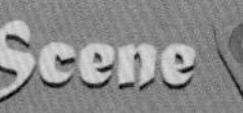

MP3-55

老朋友

彼女とは古くからの知り合いです。
我和她已經認識很久了。

2 **彼は20年来の友人です。**
他和我是有二十年交情的朋友。

3 **僕らは腐れ縁かもね。**
我們或許可以算是孽緣吧。

4 **伊藤さんは中学時代の同級生です。**
我和伊藤先生是中學時代的同班同學。

5 **鈴木さんは以前働いていた会社の同僚です。**
鈴木小姐是我以前公司的同事。

6 **彼とはもうずいぶん長い付き合いです。**
我和他的交情已經非常久了。

7 **彼女と話していると、学生時代に戻った気がします。**
和她聊天時，彷彿回到了學生時代。

8 **駅で偶然懐かしい人に会いました。**
恰巧在車站遇到了久違重逢的人。

9 **彼女は独身時代から私のことをよく知っています。**
她還沒結婚前就非常了解我。

MP3-56

談論朋友（一）

常用 No.1 **瞳ちゃんは誰にでも優しい。**
小瞳對誰都很溫柔體貼。

2 **太郎君はクラスの人気者です。**
太郎是班上很受歡迎的人物。

3 **工藤さんはなんか近づきにくい。**
工藤先生讓人感覺似乎不大容易親近。

4 **聡君はみんなに好かれている。**
所有人都喜歡小聰。

5 **あの人は職場で嫌われているらしいよ。**
那個人在職場上似乎不大受到歡迎耶。

6 **伊藤さんがいると盛り上がるね。**
只要有伊藤先生在場，氣氛就很熱鬧喔。

7 **鈴木さんは何だか話しにくい。**
似乎不大容易與鈴木小姐攀談。

8 **佐藤さんは私に冷たい。**
佐藤小姐對我很冷淡。

9 **美由紀ちゃんはいつも控えめです。**
美由紀小妹妹總是很謙虛。

Scene 10 談論朋友（二）

MP3-57

山田さんが最近結婚したそうだよ。

聽說山田小姐最近結婚了唷。

2 へえ。相手は誰？

是喔。她和誰結婚？

3 彼は日本の歴史に詳しい。

他對日本的歷史瞭如指掌。

4 彼はいつも明るいので友達が多い。

由於他的個性爽朗，所以朋友很多。

5 彼が泥棒したなんて真っ赤なうそだ。

竟然有人謠傳他曾偷過東西，那真是天大的謊言！

6 ねえ、卓也の趣味って知ってる？

我問你，你知道卓也的興趣是什麼嗎？

7 ただただ列車の写真を撮るだけでしょう？

他不是總愛一股勁兒猛拍火車的照片嗎？

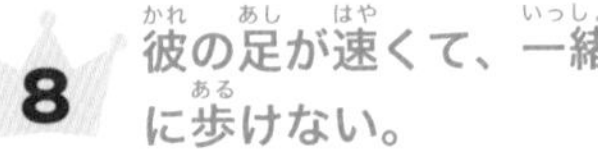

8 彼の足が速くて、一緒に歩けない。

他的腳程很快，和他一起走路時，根本沒辦法跟得上。

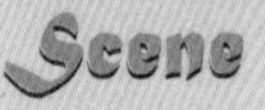

Scene 11 愛情

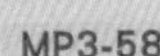

彼女は家族をとても愛している。

她非常愛家人。

2 日本人は愛情表現が苦手です。

日本人不大懂得如何表達情感。

3 彼女の愛は重すぎる。

她的愛讓人無法呼吸。

4 夫に対し深い愛情を抱いている。

我深愛著丈夫。

5 彼の愛が感じられない。

我感覺不到他的愛。

6 もう誰も愛せません。

再也無法愛任何人了！

7 サルにも母性愛があるといえます。

可以說連猴子都具有母愛。

8 子供を溺愛しない方がいいよ。

不要溺愛孩子比較好喔。

9 彼女を見ていると「愛は盲目」という言葉が実感できます。

只要看著她的舉動，就可以體會到「愛情使人盲目」這句話。

MP3-59

戀愛（一）

私は山田さんのことが好きです。

我很喜歡山田先生。

誰か付き合っている人がいますか。

請問你有沒有正在交往的對象呢？

美香ちゃんと付き合うことになりました。

我已經和小美香在一起交往了。

僕と付き合ってくれますか。

請問妳願意和我交往嗎？

他に気になる人がいるの？

是否另有喜歡的人呢？

6

彼は好きな女の前だと赤くなるんだ。

他在喜歡的女孩面前，整張臉就會漲得通紅。

太郎君は雪ちゃんに気があるみたいだよ。

太郎好像喜歡小雪喔。

バス停で見た彼女に一目ぼれしてしまいました。

我對在巴士站遇到的她一見鍾情。

隆夫君とは友達以上恋人未満といったところです。

我和隆夫同學之間，比普通朋友還要深，但是還不能算是情侶。

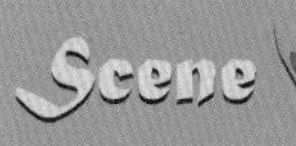

MP3-60

戀愛（二）

常用 No.1

僕の彼女を紹介しよう。

我來介紹一下我的女友吧。

彼女に会いたいな。

好想見到她喔。

今夜会えない？

今天晚上可以見個面嗎？

どこで会いましょうか。

我們找個地方見面吧。

駅前の喫茶店で会いましょう。

我們到車站前的咖啡廳見面。

あしたの午後は忙しくて会えません。

我明天下午很忙，所以沒辦法見面。

彼とディズニーランドへデートに行った。

我和他去了迪士尼樂園約會。

昨日会ったばかりじゃないか。

我們不是昨天才剛見過面而已嗎？

もう少し間をあけてからまた会おうよ。

稍微隔一陣子再見面吧。

MP3-61

熱戀

彼と彼女は熱い関係だ。

彼と彼女は熱い関係だ。

他和他女友正在熱戀中。

直樹君に夢中です。

我很迷戀直樹同學。

彼女を知れば知るほど好きになります。

我越是了解她，就越是愛她。

こんな優しい人は初めてです。

我第一次遇到像她那樣溫柔的人。

毎日彼に会わないとさびしい。

假如沒有每天見到男朋友，就會覺得很孤單寂寞。

僕の気持ちは君などに分からないだろう。

我想妳根本沒有辦法體會我的心情吧。

僕が鳥ならあなたのところへ飛んで行きたい。

倘若我是一隻鳥，我願飛到妳的身旁。

あなたに会いたくて夜も眠れません。

我好想好想見到妳，整晚都無法成眠。

彼女があなたに会いたがっています。

她現在很渴望見到你。

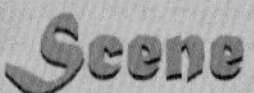

MP3-62

分離（一）

彼女など会いたくない。

我根本不想見到她。

彼がだんだん嫌いになった。

我愈來愈討厭他了。

彼女と私は何も関係ありません。

她和我完全沒有任何關係。

4

彼女は僕が嫌いになったのかもしれない。

或許她已經討厭我了。

彼女の心は離れていった。

她的心已經不在我身上了。

私は何も悪いことをしていません。

我沒有做錯任何事。

彼女とは長い間会っていません。

我和女友已經很久沒有見面了。

彼のことは何もかも忘れたい。

我想要忘記他的一切。

彼女など会いたくない。

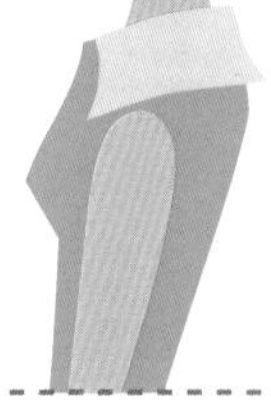

君の話は何も聞きたくない。

不管妳想說什麼，我都不要聽。

Scene 6 分離（二）

MP3-63

常用No.1 もう別れましょう。

我們分手吧。

2 しばらくちょっと距離を置きませんか。

我們可以暫時保持一段距離，好嗎？

3 ごめんなさい、他に好きな人ができました。

對不起，我喜歡上別人了。

4 あの二人は先月別れたらしいですよ。

那兩個人似乎在上個月分手了喔。

5 5年も付き合ったけど、最終的には別れました。

雖然曾經交往了五年，最後還是分手了。

6 もう気持ちがすっかり冷めてしまった。

再也不愛對方了。

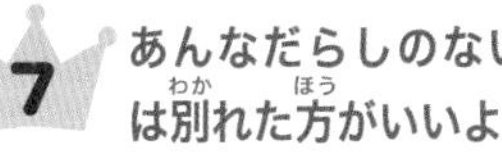

7 あんなだらしのない人とは別れた方がいいよ。

還是跟那種不求上進的人分手比較好喔。

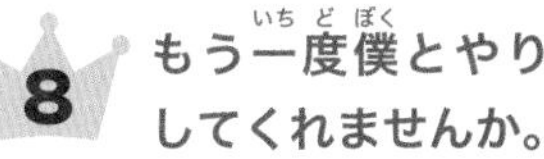

8 もう一度僕とやり直してくれませんか。

可以再和我重新來一遍嗎？

9 別れた元彼のことが忘れられない。

忘不了那已分手的前男友。

Scene 7 求婚

MP3-64

常用No.1 僕と結婚しようよ。

跟我結婚吧！

2 先月、彼にプロポーズされました。

他上個月向我求婚了。

3 私たちはもう婚約しています。

我們已經訂了婚。

4 彼が私のフィアンセ／婚約者です。

他是我的未婚夫。

5 どんな人と結婚したいのですか。

妳想和什麼樣的人結婚呢？

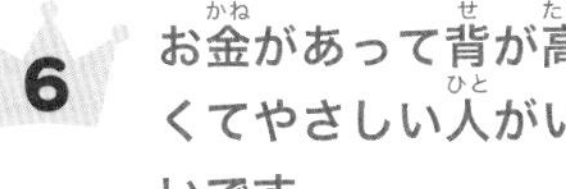

6 お金があって背が高くてやさしい人がいいです。

我想和多金又高大的體貼男人結婚。

7 去年からマンションで同棲しています。

從去年起就在大廈裡同居。

8 彼は跪いてプロポーズしてくれました。

他跪著向我求了婚。

9 来月、結納式をします。

下個月要舉行文定儀式。

Scene 8 MP3-65

結婚

常用 No.1 ご結婚おめでとうございます。

恭喜結婚！

2 ハワイで結婚式を挙げることにしました。

我們決定要在夏威夷舉行婚禮。

3 新居はもう決まりましたか。

已經決定好結婚後要住在哪理了嗎？

4 高校で一緒だった彼女と結婚します。

我要和從高中就開始交往至今的女朋友結婚。

5 それはおめでとうございます。

那真是恭喜你囉！

6 披露宴に出席してくれますか。

你可以來參加我們的喜宴嗎？

7 私たちは二十歳で結婚しました。

我們是在二十歲時結了婚的。

8 結婚しても仕事は続けていきます。

即使我結婚以後，還是想要繼續工作。

9 娘は35歳ですが、まだ結婚していません。

我的女兒已經三十五歲了，到現在還沒結婚。

Scene 9 MP3-66

婚前憂鬱症

常用 No.1 結婚式を先に延ばそうと思っています。

我正在考慮把結婚典禮延期。

2 結婚をやめようと思っています。

我正在考慮乾脆不要結婚算了。

3 彼女が結婚を考え直したいって言い出したんだ。

我女朋友竟然說她想要再考慮一下要不要結婚。

4 来週の日曜、おいの結婚式なんだ。

下週日，我姪子要結婚。

5 来週、結婚式なのに、浮かない顔して。

你下星期就要結婚了，怎麼還一臉不高興的模樣哩？

6 今から結婚式を取りやめるわけにはいかないでしょう。

事到如今怎麼能取消結婚典禮呢？

7 式を延期したら皆に謝らなきゃいけないしなあ。

而且假如把典禮延期舉行，就非得向大家道歉不可耶。

Scene 10 離婚

MP3-67

常用No.1

浮気していることが妻にばれてしまいました。

被妻子發現了我的外遇。

2 妻が子供を連れて家を出ていきました。

妻子帶著孩子離家出走了。

3 慰謝料や養育権はどうなりましたか。

請問贍養費和監護權如何處理呢？

4 夫は全然家に帰ってきません。

我先生根本不回家。

5 どうやら浮気しているようです。

他似乎有外遇。

6 浮気の証拠を見つけました。

我發現了他和別人交往的證據。

7 今、離婚に向けた話し合いを進めています。

現在正在談離婚。

8 この結婚で懲りたので、再婚したいとは思いません。

這場婚姻已經嚐夠了苦頭，不想再婚了。

9 別れた夫に未練はありません。

對前夫沒有眷戀。

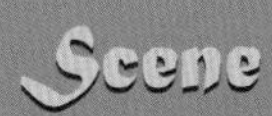

Scene 1 登山看風景

MP3-68

常用No.1 山に登るのが好きだ。

我很喜歡爬山。

2 アルプスに登りたい。

我想要爬阿爾卑斯山。

3 山から夜景を見たいです。

我想從山上看夜景。

4 富士山に登ったことがありますか。

你曾經登過富士山嗎？

5 まだなんです。ぜひ一度登ってみたいです。

還沒去過。我一定要爬上去看看。

6 その山は5時間ぐらいで登れます。

那座山只要五小時左右就能夠攻頂了。

7 高く登れば登るほど寒くなる。

越是往山上爬，溫度就變得越冷。

8 山に登るときは急がないで、ゆっくり歩こう。

爬山時不要著急，要慢慢走喔。

9 山の上から遠くの町が見える。

從山上可以遠眺村莊。

Scene 2 讀書

MP3-69

常用 No.1 何を読んでいますか。

你在讀什麼呢？

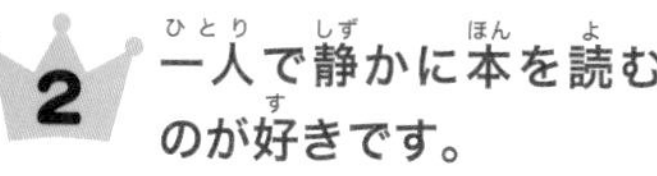

2 一人で静かに本を読むのが好きです。

我很喜歡一個人靜靜地看書。

3 この本を読んでみてください。

讀一讀這本書吧。

4 役に立つことが書いてあるから。

這裡面記載著對你有所助益的內容。

5 難しくて何回読んでも分からない。

這本書的內容太難了，即使反覆閱讀，還是看不懂。

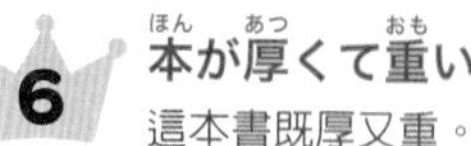

6 本が厚くて重い。

這本書既厚又重。

7 本は買わないでなるべく図書館から借ります。

不要自己掏錢買書，儘量去圖書館借閱。

8 この間貸してあげた本、読み終わったら返してね。

上次我借給你的那本書，等你看完後要還給我喔。

9 日曜日はたいてい本を読んだり近くを散歩するなどしてすごします。

我在星期天多半看看書，或是到附近散散步，度過閑適的一天。

Scene 3 雑誌

MP3-70

常用 No.1 本屋にいろいろな雑誌が並んでいます。

書店裡陳列著各種類型的雜誌。

2 電車の中で新聞や雑誌を読んでいる人が多い。

有很多人都會在電車裡看報紙或雜誌。

3 山田さんはアメリカの雑誌を読んで英語の勉強をしています。

山田先生現在透過閱讀美國雜誌的方式學習英文。

4 この雑誌は写真が多いですね。

這本雜誌裡面的照片真多呀。

5 その雑誌、面白い？

那本雜誌好看嗎？

6 うん、読んだら貸してあげるよ。

嗯，等我看完以後借你看吧。

7 この雑誌は毎週月曜日に売り出されます。

這本雜誌每週一上架販售。

8 次々と新しい雑誌が作られています。

接二連三地編輯完成新雜誌。

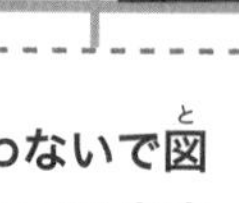

9 雑誌は買わないで図書館で読んでいます。

我沒有自掏腰包買雜誌，而是上圖書館借閱。

MP3-71

報紙

毎朝、新聞を読んでから会社へ行きます。

我每天早上都會先看完報紙再去公司。

毎朝、新聞を読んでから会社へ行きます。

新聞を読むのは日本語の勉強のためにとてもいいです。

閱讀報紙對於學習日語是很有幫助的。

この新聞はまだ読んでないから捨てないでね。

我還沒看過這份報紙，你先別丟喔。

時間がなくて新聞も読めない。

時間根本不夠，連報紙也沒辦法看。

お宅は何新聞を取っていますか。

你家訂的是什麼報呢？

うちは日本経済新聞を取っています。

我家是訂日本經濟新聞。

天気予報を新聞で読みます。

我在報上看天氣預報。

昨日の火事が新聞に載っている。

報上有登昨天的那起火警。

新聞は毎日、配達してくれますが、駅のキオスクでもたいてい売っています。

雖然報紙每天都會由送報生送來，不過在車站裡的販賣亭也大多有販售。

MP3-72

電腦、網路

常用 No.1

このコンピューターの使い方を知っていますか。

你知道這種電腦的操作方式嗎？

ええ、教えてあげましょう。

知道呀，我來教你吧。

ファイルが開けないんです。

我打不開這個檔案。

私のパソコン、古くてすぐフリーズしちゃうんです。

我的電腦太舊了，動不動就會當機。

ウインドウズですか。マックですか。

你用的是Windows系統，還是Mac系統呢？

このデータ、CDに焼いてくれませんか。

你可以幫我把這份資料燒錄到光碟片上嗎？

7

パソコンなら秋葉原に行くと安いし、いろいろありますよ。

如果要買電腦，可以去秋葉原看看。那裡既便宜，又有很多可以挑選。

8

ネットはつながってますか。

網路有連線嗎？

ブログってやってますか。

你有在寫部落格嗎？

Scene 6 MP3-73

樂器

常用 No.1 学生のときにギターを習ったことがあります。

我在學生時代曾經學過吉他。

2 毎日1時間、ギターを練習します。

我每天都花一個小時練彈吉他。

3 バイオリンが弾けますか。

請問您會拉小提琴嗎？

4 ええ、少し弾けます。

嗯，會一點點。

5 七つのときからバイオリンを習っています。

我從七歲開始學小提琴至今。

6 ギターを弾いてください。

麻煩您彈吉他。

7 ギターを聞かせてください。

請您彈吉他給我聽。

8 ピアノが弾けたならどんなにいいだろう。

假如我會彈鋼琴的話，不知該有多好呀。

9 チェロを弾く人を探しています。

我正在找會拉大提琴的人。

Scene 7 MP3-74

音樂

常用 No.1 どんな音楽が好きですか。

您喜歡聽什麼樣的音樂呢？

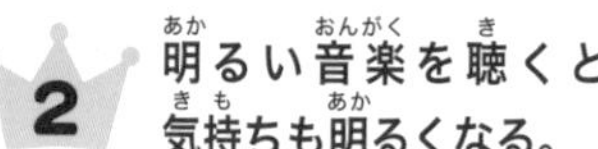

2 明るい音楽を聴くと気持ちも明るくなる。

聽輕快的音樂時，心情也會跟著快樂起來。

3 古いジャズのレコードを集めています。

我正在蒐集爵士樂的老唱片。

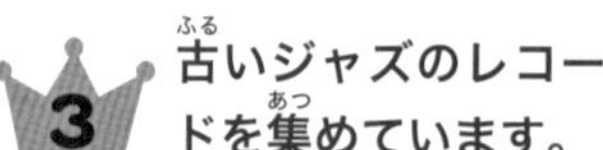

4 ジャズが好きです。

我喜歡聽爵士樂。

5 いい音楽のレコードを持っていませんか。

請問您有沒有好聽的音樂唱片呢？

6 その歌を聞くとなぜか泣きたくなります。

我每次聽到那首歌，總會不自覺地想流淚。

7 喫茶店でクラシックのレコードを聞くのが好きです。

我喜歡在咖啡廳裡聆聽古典樂的唱片。

8 音楽への熱い思いを日記に書いた。

在日記裡寫下了對音樂的熱愛。

9 ピアノコンサートに行きましょう。

我們去聽鋼琴演奏會吧。

MP3-75

電視節目

今晩は何か面白い番組があるかしら？

今天晚上有沒有什麼好看的節目呢？

ストーリーは最高です。

故事內容也精采絕倫。

主役の演技もう最高でした！

主角的演技實在是太棒了！

その番組はあさって、放送されます。

那個節目會在後天播放。

5

ついに話題のドラマが始まりました。

那齣衆所矚目的連續劇終於開始播映了。

思ったより面白かった。

比原本想像的還要來得有趣。

今の時代にあって内容も面白いです。

劇情不僅有趣，也貼近現今的年代。

あの子役が可愛かったです。

那個飾演小孩角色的童星，真是太可愛了。

9

いろいろ考えさせられるドラマでした。

這部連續劇有不少發人深省之處。

MP3-76

電影

常用No.1

映画を見に行きませんか。

要不要一起去看電影呢？

2

そうですね。日本の映画が見たいですね。

好呀，我想看日本的電影耶。

次の映画は何時から始まりますか。

請問下一場電影是從幾點開始放映呢？

その映画に誰が出ていますか。

請問有哪些演員參與那部電影的演出呢？

5

どんな映画だった？

那部電影怎麼樣？

久しぶりに暖かい映画を見ました。

許久沒有看到這種溫暖人心的電影了。

心の底から感動しました。

打從心底受到了感動。

8

本当に素敵な映画でした。

真是齣絕佳的戲劇。

原作本も読んでみようと思います。

我也想要讀一讀原著小說。

唱歌

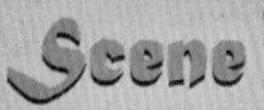
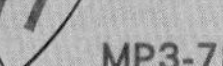

この曲すごくいいね。

這首曲子真好聽哪。

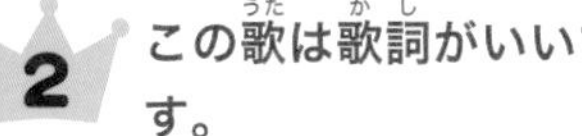

この歌は歌詞がいいです。

這首歌的歌詞意境很深遠。

彼の声は、ホントにいいです。

他的歌聲真是太嘹亮了。

山田さんは歌がうまい。

山田小姐很會唱歌。

音楽はいいですね。

配樂很好聽喔。

切ない失恋の歌です。

一首淒美的失戀歌曲。

心落ち着く歌ですね。

讓人心靈平靜和的歌曲哪。

気持ちよく歌っていますね。

很開心地歡唱著喔。

歌が下手なので、恥ずかしいです。

我五音不全，真是難為情。

畫圖

絵がじょうずですね。

您真會畫圖呀。

趣味は絵を見ることです。

我的興趣是繪畫鑑賞。

絵をかけるようになりたいです。

真希望我會畫圖。

今年の4月から絵を習い始めました。

我從今年四月開始學畫。

花の絵を描いた。

我畫了以花朵為主題的圖。

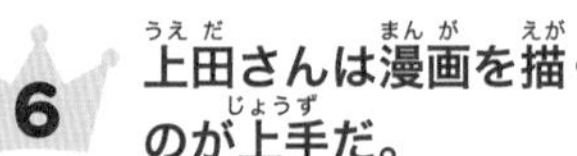

上田さんは漫画を描くのが上手だ。

上田小姐是位畫漫畫的高手。

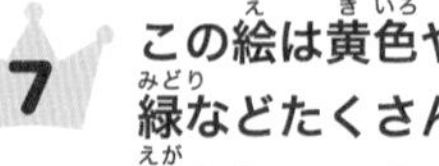

この絵は黄色や茶色や緑などたくさんの色で描かれています。

這幅畫裡用了黃色、褐色、綠色等各種色彩。

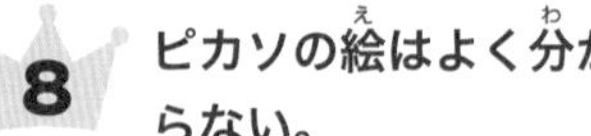

ピカソの絵はよく分からない。

我看不大懂畢卡索的畫。

その絵は何が描いてあるのですか。

請問那幅畫的主題是什麼呢？

Scene 12 拍照

MP3-79

常用No.1 すばらしい景色だなあ。写真を写しておこう。

這景致真優美呀，來拍個照吧。

2 写真を撮りますから、皆さん、並んでください。

要拍照囉，請大家站近一點。

3 さあ、とりますよ。こっちを向いて。

來，要拍囉！大家看這邊！

4 少し横からとって。そのほうがきれいに見えるから。

麻煩稍微站到我的側面，這樣拍出來比較漂亮。

5 公園を歩いている人に写真を撮ってもらいました。

我請在公園裡散步的人幫我拍了照。

6 誰か私を撮ってくれる人がいないかしら？

有沒有人可以來幫我拍張照呢？

7 カメラにフィルムが入っていますか。

你把底片裝進相機裡了嗎？

8 36枚どりのフィルムを3本ください。

請給我三盒每卷三十六張的底片。

9 天気がいいからフィルムをたくさん持っていこう。

今天陽光普照，我們多帶點底片出門吧。

Scene 13 攝影及照片

MP3-80

常用No.1 角川さんはカメラが趣味です。

角川先生的興趣是拍照。

2 散歩するときはいつもカメラを持って行きます。

我在散步的時候總是會隨身帶著相機。

3 写真を撮られるのは好きじゃない。

我不喜歡被拍照。

4 電車の写真を撮るのが趣味です。

我的興趣是拍電車的照片。

5 撮ったフィルムをカメラから出した。

從相機裡取出了拍完的底片。

6 昔は白黒写真だったが、今はほとんどカラーだ。

以前只有黑白照片，但是現在幾乎都是彩色的。

7 日本のカメラは安くていいものが多い。

日本製的相機有許多便宜又精良的機型。

8 フィルムを使うカメラよりデジタルカメラの方が多くなった。

現在比較多人是用數位相機拍照，很少人還在用底片相機了。

9 パスポートを作るには写真が2枚必要です。

要辦護照必須檢附兩張照片。

收集

MP3-81

子供のときから切手を集めています。

我從小就開始蒐集郵票至今。

いろいろなものを集めていますねえ。

您蒐集了好多不同的東西喔。

外国のきれいな切手を集めるのが趣味です。

我的嗜好是蒐集外國的精美郵票。

ええ、マッチ箱とか古いお金とか絵葉書とかたくさんあります。

是呀，我有很多火柴盒、古幣、風景明信片等蒐集品。

古い切手を集めています。

我正在蒐集舊郵票。

古い、珍しい切手は高く売れる。

年代越久、數量越稀少的郵票，越能賣得高價。

運動

MP3-82

どんなスポーツが得意ですか。

請問您擅長什麼樣的運動？

バスケットボールが一番好きです。

我最喜歡籃球。

私はスポーツが苦手です。

我不擅長運動。

どんなスポーツが好きですか。

您喜歡什麼樣的運動項目呢？

5 社会人になってから、全然運動しなくなりました。

自從我出社會後，就完全沒做過運動了。

6 健康のために、週に一度はジョギングをしています。

為了身體健康，持續每星期慢跑一次。

7 ダイエットも兼ねて、ジムに通っています。

我有上健身房的習慣，也順便減重。

8 若い時は陸上の選手でした。

年輕時候是田徑隊的選手。

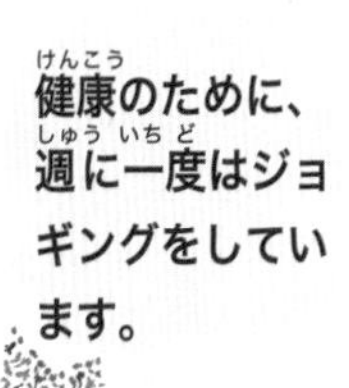

健康のために、週に一度はジョギングをしています。

9 テレビでスポーツを見るのが好きです。

我很喜歡觀看電視轉播的體育競賽。

MP3-83

足球

サッカーができますか。

請問您會踢足球嗎？

2 **ポジションはどこですか。**

請問您打什麼位置呢？

3 **ゴールキーパーです。**

我是守門員。

4 **誰が得点を入れたのですか。**

請問是不是有人得分了呢？

5 **8番の選手がゴールを決めました。**

八號選手射門得分了。

6 **せっかくのチャンスだったのに、シュートが外れた。**

那可是個難得的大好機會，竟然沒能射進。

7 **日本チームはワールドカップに出場しますか。**

日本隊會出賽世界盃嗎？

8 **1回戦で敗退してしまった。**

第一回合就打輸被淘汰了。

9 **延長戦に突入しました。**

進入了延長賽。

MP3-84

游泳

常用 No.1 **海で泳ごう。**

我們去海邊游泳吧。

2 **私は平泳ぎしか泳げません。**

我只會游蛙式。

3 **彼はクロールが得意だそうです。**

他似乎很擅長游自由式。

4 **僕の犬は犬掻きで50メートル泳げるよ。**

我的狗可以用狗爬式游五十公尺喔。

5 **夏休みは毎日プールで泳ぎました。**

暑假時，我每天都去了泳池游泳。

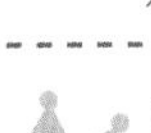

6 **最高何メートル泳げますか。**

請問您最多可以游幾公尺呢？

7 **プールよりも海で泳ぐ方が好きだ。**

比起在游泳池，我更喜歡去海邊游泳。

8 **水に潜るのが怖いです。**

我不敢潛到水底下。

9 **プールに飛び込むのは危ない。**

在游泳池跳水很危險。

MP3-85

網球

常用 No.1 公園のテニスコートを使うことができますか。

可以用公園裡的網球場嗎？

2 彼のサーブはスピードがあります。

他發的球速度相當快。

3 あのボールをレシーブするのは難しい。

那一球很不容易接。

4 ラケットが破れてしまった。

球拍線斷了。

5 トスが上手く上がりません。

發球無法順利把球拋高。

6 このポイントは長い打ち合いになりました。

這個得分，導致雙方就此展開了拉鋸戰。

7 なんと世界ランキング1位の選手が負けました。

沒有想到世界排名第一的選手竟然輸了。

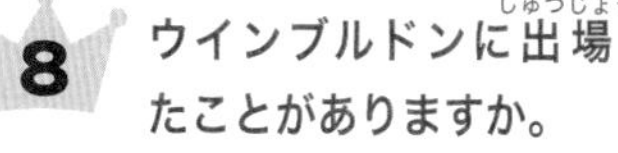

8 ウインブルドンに出場したことがありますか。

請問曾經出賽過溫布頓網球公開賽嗎？

9 彼女はシングルだけじゃなく、ダブルスにも出場します。

她不只比單打，連雙打也有出賽。

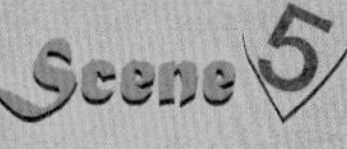

MP3-86

棒球

常用 No.1 接戦でなかなか勝負がつかない。

比數非常接近，遲遲無法分出勝負。

2 0対3で勝ちました／負けました。

以 0 比 3 的比數獲勝／落敗了。

3 第二戦は引き分けに終わりました。

第二回合以平手收場。

4 両チーム無得点のまま、延長戦に入りました。

在兩隊都沒有得分的情況下進入了延長賽。

5 巨人が3点リードしています。

巨人隊以三分領先。

6 2点のリードを許して、後半戦に入りました。

在對手暫時領先兩分的情況下進入下半場。

7 残念ながら逆転負けしました。

很遺憾地遭到對方反敗為勝。

8 10対ゼロで圧勝しました。

以10比0獲得了壓倒性的勝利。

9 1対ゼロで惜敗しました。

很可惜地以 1 比 0 的些微差距而落敗了。

Scene 1 MP3-87

休閒活動

休日はいつも何をしているんですか。

請問您平常放假時做些什麼呢？

家にいることが多いです。

通常多半待在家裡。

私は料理教室に通っています。

我在上烹飪課程。

4

休みになると家族であちこち出かけます。

只要一放假，就會和家人到處玩。

今年は浴衣を着て夏祭りに行くつもりです。

今年打算穿和式浴衣去參加夏季祭典。

6

週末はだいたい家で映画を鑑賞します。

週末多半在家裡看電影影片。

最近、茶道を習い始めました。

最近開始學茶道。

友達と温泉に行ってのんびりします。

和朋友一起去泡溫泉舒展筋骨。

9

昨日は子供を遊園地に連れていきました。

昨天帶了小孩去遊樂園玩。

Scene 2 MP3-88

演唱會

東京ドームでコンサートを開くそうです。

據說將在東京巨蛋開演唱會。

今からでもチケットは手に入りますか。

現在還買得到票嗎？

一番安いチケットはいくらですか。

請問最便宜的票大約多少錢？

一度、安室奈美恵のコンサートに行ったことがあります。

我曾去聽過一場安室奈美惠的演唱會。

ラッキーなことに、VIP席がとれました。

很幸運地買到了貴賓席。

会場に入れるなら、立見席でもいいです。

只要能夠進入會場，就算是站票區也沒關係。

7

ファンが続々と会場に集まってきています。

歌迷們陸續聚集到會場了。

何時から会場に入れますか。

請問從幾點開始可以入場？

会場の周りにはたくさんダフ屋がいます。

會場周邊有很多黃牛。

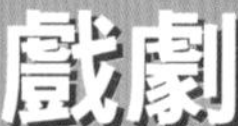

戲劇

今日はお芝居を見に行きます。

今天要去看戲劇表演。

誰が主役ですか。

請問誰是主角呢？

どこの劇場ですか。

是在哪一間劇場呢？

7時半に開幕します。

七點半開演。

5 **私も母も宝塚に夢中です。**

我和媽媽都非常迷寶塚歌劇團。

6 **舞台よりミュージカルの方が好きです。**

比起話劇表演，我比較喜歡看歌舞劇。

7 **歌舞伎を見たことがありますか。**

請問您看過歌舞伎表演嗎？

8 **明日はいよいよ舞台の初日です。**

明天終於要舉行首演。

9 **千秋楽は何日ですか。**

請問最後一場演出是幾月幾號呢？

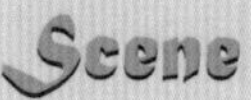

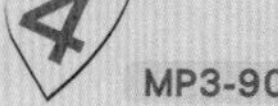

子供たちが鬼ごっこをして遊んでいます。

孩子們正在玩抓鬼遊戲。

小さいころ、滑り台が大好きでした。

從小最喜歡的就是溜滑梯。

一緒に砂遊びしようか。

一起來玩沙吧？

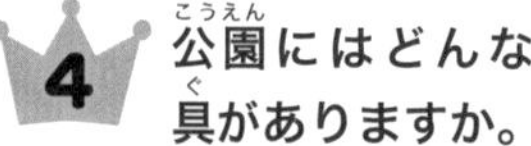

公園にはどんな遊具がありますか。

請問公園裡有哪些遊樂設施呢？

5 **ブランコに乗っているのが娘です。**

正在盪鞦韆的就是我女兒。

6 **暑いから帽子をかぶって行きなさい。**

天氣太熱了，要戴了帽子才可以去玩。

7 **あそこの日陰でちょっと休みましょう。**

我們去那邊的有遮蔭的地方稍微休息一下吧。

8 **公園には小さなベンチがありますよ。**

公園裡有小型的長條椅喔。

9 **息子が泥だらけになって帰ってきた。**

兒子渾身是泥地回來了。

Scene 5 公園（二）

MP3-91

常用 No.1 毎朝、家の前の公園で運動をします。

我每天都會去家門前的公園運動。

2 この公園は木が多くて気持ちがいいですねえ。

這座公園裡有很多樹木，感覺好舒服唷。

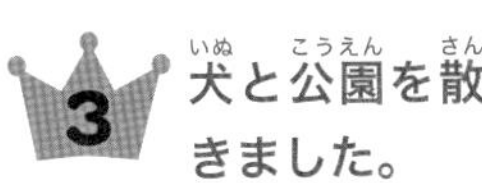

3 犬と公園を散歩してきました。

我帶小狗去公園散步回來了。

4 大勢の人が公園を利用します。

有非常多人在公園從事休閒活動。

5 山田さんは毎日、公園の掃除をしているそうですよ。

聽說山田太太每天都會主動去打掃公園喔。

犬と公園を散歩してきました。

6 公園の花はどれも美しくさいていました。

公園裡的每一種花卉都盛開綻放著。

7 桜を見るならあの公園がきれいだそうです。

假如你想賞櫻的話，聽說那座公園裡的櫻花開得最美唷。

8 公園の動物や植物をとってはいけません。

不可以擅自摘取或帶走公園裡的動植物。

9 公園を汚さないようにしましょう。

我們別在公園裡亂丟垃圾。

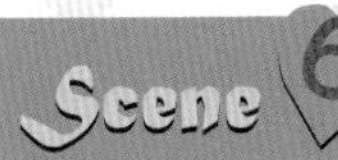

Scene 6 動物園

MP3-92

常用 No.1 お父さん、動物園に連れて行ってよ。

爸爸，帶我去動物園嘛。

2 ちょっと触ってもいいですか。

請問可以摸一下嗎？

3 写真を撮ってもいいですが、フラッシュはたかないでください。

可以拍照，但請不要使用閃光燈。

4 上野動物園に、パンダはいますか。

上野動物園裡有貓熊嗎？

5 珍しい動物がいるそうですよ。

聽說有珍禽異獸喔。

6 ウサギにえさをあげてもいいですか。

請問可以餵兔子吃飼料嗎？

7 動物に食べ物を与えないでください。

請不要餵食動物。

8 向こうに子ヒツジがたくさんいますよ。

那邊有很多頭小綿羊喔。

9 この動物園には珍しい動物がいます。

這座動物園裡有珍禽異獸。

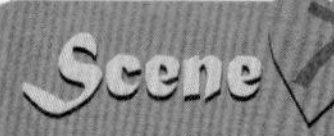

MP3-93

Scene 7 動物

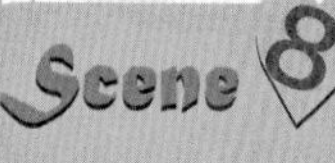

常用 No.1 どんな動物が好きですか。

請問您喜歡什麼樣的動物呢？

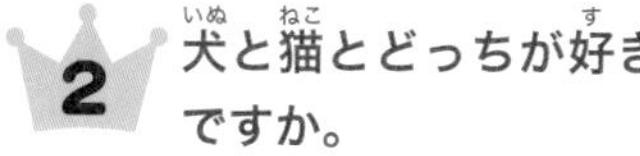

2 犬と猫とどっちが好きですか。

你比較喜歡狗還是貓？

3 子供の頃家には犬や猫などの動物がいました。

我小時候家裡養了小狗和小貓之類的動物。

4 動物を育てるのは難しい。

飼養動物很不容易。

5 可愛い小鳥がいいですね。

我很喜歡可愛的小鳥。

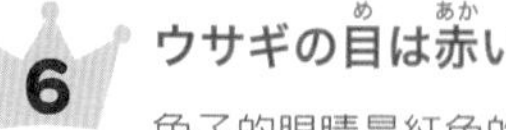

6 ウサギの目は赤い。

兔子的眼睛是紅色的。

7 キリンの首と足は長い。

長頸鹿的脖子跟腳很長。

8 犬ぐらい鼻のいい動物はいない。

再也沒有動物的鼻子像狗那麼靈的。

9 象は鼻が長くて体が大きい。

大象有條長長的鼻子，還有巨大的軀幹。

MP3-94

Scene 8 植物園

常用 No.1 何時から入園できますか。

請問從幾點起可以入園參觀呢？

2 入場料はいくらですか。

請問門票多少錢？

3 キンモクセイはいつごろ開花しますか。

請問丹桂什麼時候會開花呢？

4 ひまわりは何科の植物ですか。

請問向日葵是什麼科的植物呢？

5 まだ花は咲いていませんが、つぼみがたくさんあります。

雖然還沒開花，但有很多花苞。

6 この植物は温帯地方でしか見られません。

這種植物只能在溫帶地區才看得到。

7 この木は何メートルぐらいまで成長しますか。

請問這種樹會長到幾公尺高呢？

8 これは品種改良してできた新種です。

這是經過品種改良後的新品種。

MP3-95

美麗的花朵

常用 No.1 桜の花が咲いた。
櫻花已經開了。

2 花を育てるのが趣味です。
種花是我的興趣。

3 朝と夕方、花に水をやらなくてはなりません。
早晨和傍晚都一定要幫花澆水。

4 庭の花が咲き始めました。
院子裡的花已經開始綻放。

5 白い花が開いた。
白色的花兒已經開了。

6 チューリップが赤い花をつけた。
鬱金香開了紅色的花。

7 花を折ってはいけません。
不可以摘花！

8 いろいろな色の花が咲いています。
五顏六色的花朵正盛開著。

9 秋に葉の色が変わる。
到了秋天，樹葉就會變色。

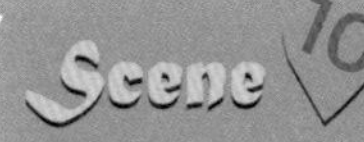

MP3-96

訂票

常用 No.1 大阪行きの切符はどこで買えますか。
請問該到哪裡買到前往大阪的票呢？

2 ここで買えますよ。
這裡就有販售唷。

3 東京行きの飛行機を予約したいんですが、いつ飛んでいますか。
我想要訂飛往東京的機票，請問什麼時候有班機呢？

4 はい。週三回、月水金の夕方6時でございます。
您好。每星期有三班，分別是在週一、三、五傍晚六點起飛。

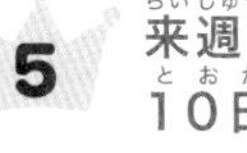

5 来週ですか。ええ、10日は祝日ですので、もう満席なんですが。
您是說下星期嗎？嗯，因為十號是假日，所以已經都訂滿了。

6 困ったなあ。じゃあ、次の便はどうですか。
這可傷腦筋了。那麼，下一班還有沒有空位呢？

7 それなら大丈夫です。
下一班的話還有空位。

8 じゃ、それで。
那麼，請幫我訂。

9 かしこまりました。
好的。

Scene 11 MP3-97

規劃旅行

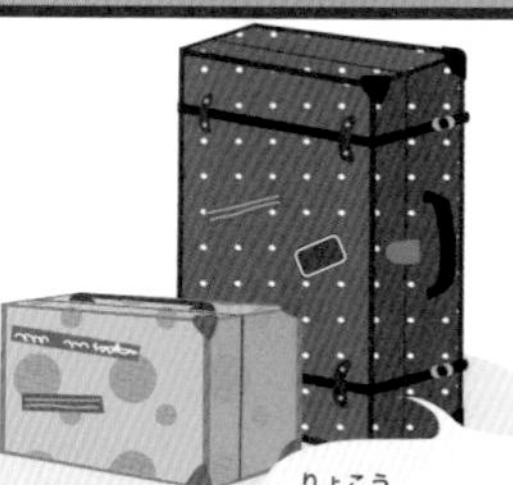

旅行(りょこう)のしたくは終(お)わった。

今度(こんど)、ハワイに行(い)くんですよ。

我下次要去夏威夷囉。

2 旅行(りょこう)の計画(けいかく)を立(た)てるのが楽(たの)しい。

我很享受規劃旅程的過程。

3 夏休(なつやす)みは沖縄(おきなわ)を旅行(りょこう)するつもりです。

我打算在暑假時去沖繩旅行。

4 スイスへ行(い)きたいな。

我好想去瑞士喔。

5 今度(こんど)、友達(ともだち)が東京(とうきょう)に遊(あそ)びに来(き)ます。

我的朋友下回要去東京玩。

6 ケニヤやタンザニアなどアフリカの国(くに)へ行(い)ってみたいです。

我想要去肯亞與坦尚尼亞等非洲國家。

7 旅行(りょこう)のしたくは終(お)わった。

行李已經打包好了。

8 後(あと)はゆっくり寝(ね)て明日(あした)の朝早(あさはや)く起(お)きよう。

接下來就好好睡一覺，明天一大早起床吧。

9 世界中(せかいじゅう)の国(くに)を回(まわ)りたいです。

我想要環遊世界各國。

Scene 12 MP3-98

推薦行程

どこか安(やす)くていいホテルはないですか。

你知道哪裡有便宜又舒適的旅館嗎？

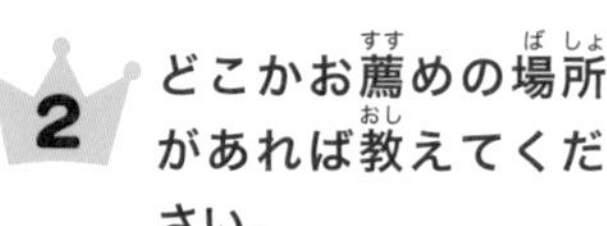

2 どこかお薦(すす)めの場所(ばしょ)があれば教(おし)えてください。

如果您有推薦的地點，麻煩告訴我。

3 あそこならすばらしい景色(けしき)が見(み)えますよ。

如果是那裡的話，可以看見明媚的風光喔。

4 ここから日帰(ひがえ)りでいける温泉(おんせん)って、どこかありますか。

這附近有沒有可以當天來回的溫泉呢？

5 北海道(ほっかいどう)に行(い)くなら、どこがいいですか。

如果要去北海道的話，哪裡比較好玩呢？

6 九州(きゅうしゅう)だったら、どうやって行(い)くのが一番便利(いちばんべんり)ですか。

假如想去九州的話，搭乘什麼交通工具最方便呢？

7 大阪(おおさか)まで行(い)くなら、新幹線(しんかんせん)と飛行機(ひこうき)、どっちが安(やす)いですか。

如果要到大阪的話，是搭新幹線比較便宜，還是搭飛機呢？

8 京都(きょうと)はいつごろ行(い)くのがいいですか。

請問什麼季節去京都比較好呢？

9 大阪(おおさか)へ行(い)くのなら神戸(こうべ)まで足(あし)を伸(の)ばしたらどうですか。

假如你要去大阪的話，要不要再多走一小段，順便去神戶玩一玩呢？

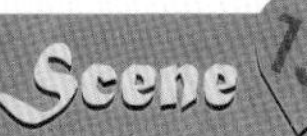

旅遊情報

ハワイの海は青くてきれいです。

夏威夷的湛藍海水，真的好美喔。

2 **日本とアメリカの間に太平洋がある。**

日本和美國中間隔著太平洋。

3 **日本の建物は地震に強い。**

日本的建築物非常耐震。

4 **この近くに銀行のATMはありませんか。**

請問這附近有沒有銀行的自動提款機呢？

5 **ヨーロッパに石で造られた建物が多い。**

歐洲有許多以石材建造的建築物。

6 **日本もベトナムも南北に長い国だ。**

無論是日本或是越南，都是南北縱長的國家。

7 **大阪とソウルの間を毎日、飛行機が飛んでいます。**

大阪和首爾之間，每天都有航班飛行。

8 **ここは神社ではなく、お寺です。**

這裡不是神社，而是寺院。

9 **その町の家はどれも石でできていました。**

那個村莊裡的每一戶房屋，全都是用石頭砌成的。

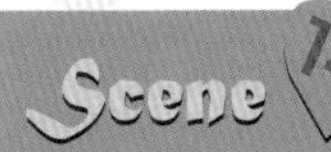

預約飯店

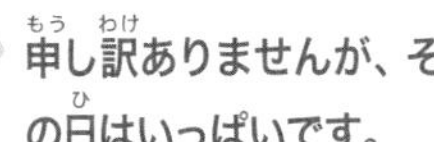

常用 No.1 **1日から3日までそちらのホテルを予約したいのですが。**

我想要預約貴旅館從一號到三號的住宿。

2 **申し訳ありませんが、その日はいっぱいです。**

非常不好意思，那段時間本旅館已經客滿了。

3 **ホテルを3時にチェックインして、次の日の昼12時にチェックアウトします。**

旅館的入住時間是三點，退房時間則是隔天中午的12點。

4 **安くていいホテルがありますか。**

有便宜又好的飯店嗎？

5 **香港ではどこのホテルに泊まりますか。**

您到香港，會住在哪家旅館？

6 **こちらのホテルに空いている部屋はありませんか。**

請問貴旅館還有空房嗎？

7 **はい、3名様でしたらお泊まりになれます。**

有，如果是三位要住宿的話，本旅館還有空房。

8 **博多に来たときはいつもこのホテルを使います。**

我去博多時，總是住在這家旅館。

9 **もう少し安いホテルを探そう。**

我們再找更便宜點的旅館吧。

Scene 15　MP3-101

旅行實錄

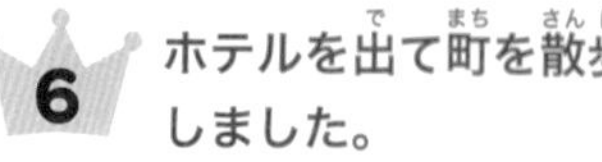

常用No.1 よく一人で旅行に出かけます。
經常一個人單獨旅行。

2 あしたアメリカに出発します。
我明天要出發去美國。

3 僕もああいうところに行ってみたいですね。
我也很希望能到這種地方走一走。

4 駅に近いホテルに変えた。
我改訂為車站附近的旅社。

5 明日は7時にホテルを出発します。
明天七點從飯店出發。

6 ホテルを出て町を散歩しました。
我們走出飯店，到了鎮上散步。

7 少し足を急がせないと夕方までに旅館につけません。
如果不稍稍加快腳程的話，就無法在傍晚前抵達旅館。

8 横浜から大阪につくまでの間ずっと寝ていました。
從橫濱到大阪的路上，我一直在睡覺。

9 モスクワに七日いて、それからワルシャワに行きました。
我在七號抵達莫斯科，接著去了華沙。

Scene 16　MP3-102

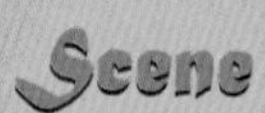

國家

5 カナダはヨーロッパの国ではない。
加拿大不是歐洲國家。

常用No.1 世界には150以上の国がある。
全世界有超過一百五十個國家。

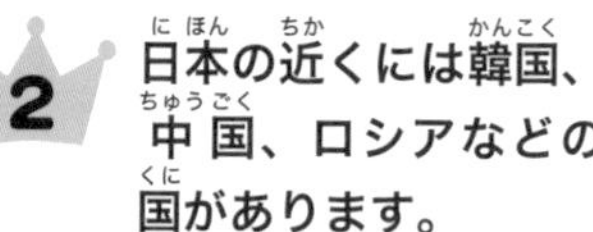

2 日本の近くには韓国、中国、ロシアなどの国があります。
日本附近的鄰國有韓國、中國、俄羅斯等國家。

6 ミシシッピ川はアメリカで一番長い川です。
密西西比河是美國最長的河流。

3 日本の夏は台湾と同じくらい暑いです。
日本和台灣的夏天差不多一樣熱。

7 日本にいる外国人で一番多いのは中国人です。
在日本僑居的外國人中，以中國人的人數最多。

4 日本に4000メートル以上の山はない。
日本沒有高於四千公尺以上的高山。

8 北海道は日本で一番北にある。
北海道位於日本的最北方。

9 アメリカの北はカナダで、南はメキシコです。
美國北鄰加拿大，南接墨西哥。

大自然-山

エベレストは世界一高い山です。

阿爾卑斯山是世界第一高峰。

山の上から海が見える。

從山上可以眺望到大海。

山の中で道が分からなくなった。

我在山裡迷路了。

向こうの山まで何キロぐらいでしょう。

請問從這裡到對面那座山，大概有幾公里呢？

山の中で道が分からなくなった。

我在山裡迷路了。

森の中から鳥の鳴き声が聞こえる。

鳥叫聲從森林裡傳出來。

四国の山はどれも登ったことがありません。

我沒有爬過位於四國的任何一座山。

あの山の名前を知っていますか。

你知道那座山峰的名字嗎？

池から小さな川が流れています。

小河流從池塘裡流了出去。

大自然-海、河川

青い海が広がっている。

日本の回りは全部海です。

日本四面環海。

青い海が広がっている。

湛藍的海洋無邊無際。

子供のころ、近くの川で遊びました。

我在孩提時候，常在附近的河裡玩耍。

夏休みには海へ泳ぎに行きます。

我在暑假時要去海邊游泳。

海から暖かい風が吹いてきます。

從海上吹來暖風。

6 海を越えて橋がかけられた。

架設了一座跨海大橋。

7 危ないからこの川で泳いではいけません。

不可以在這條河裡游泳，太危險了！

8 雨が降って川の水が増えた。

大雨造成了河水暴漲。

9 川で魚を釣りました。

我在河川釣魚。

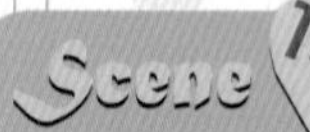

MP3-105

大自然-天空

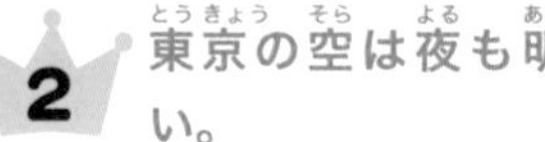

今日の空は雲が一つもありません。

常用No.1 今日の空は雲が一つもありません。

今日的天空萬里無雲。

2 東京の空は夜も明るい。

東京的天空就算在夜裡，也被映得通明。

3 雲の間から月が出てきた。

月亮從雲間探了出來。

4 空の星が光っています。

天空裡的星星正閃爍著。

5 冬の空は暗い。

冬季的天空很晦暗。

6 今夜の月は丸く大きくてきれいだ。

今晚的月亮又大又圓，實在太美了。

7 昔の人は月にウサギがすんでいると思っていた。

古時候的人以為有兔子住在月亮上。

8 顔を上げて空を見よう。

抬起頭仰望天際吧。

9 北の空に星が七つ並んでいる。

北方天空有七顆星星靠在一起。

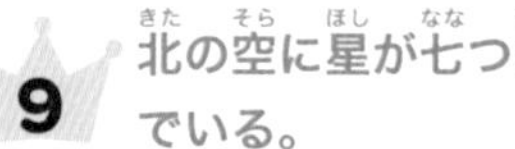

MP3-106

找公寓

常用No.1 家賃7万円以下の家を探しています。

正在找房租七萬日圓以下的房子。

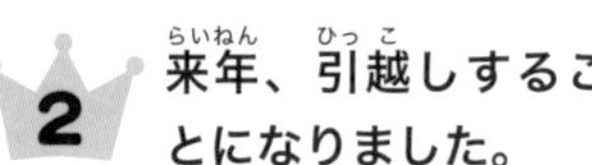

2 来年、引越しすることになりました。

決定了明年要搬家。

3 アパートは見つかりましたか。

請問已經找到公寓了嗎？

4 駅に近いマンションを探しています。

正在找位於車站附近的住宅大廈。

5 できれば、築10年以内の物件がいいです。

如果可以的話，比較想要屋齡十年以內的房子。

6 駅前より住宅街の方がいいです。

房屋的座落地點與其在車站前的鬧區，不如在住宅區裡比較好。

7 引越し先は何階建てのマンションですか。

請問您要搬去幾層樓的大廈呢？

8 セキュリティーが万全なので、一人暮らしでも安心です。

房子的保全設施做得很好，即使單獨一人居住也可以放心。

9 1Kでは狭すぎるので、1DKでお願いします。

光只有一房一廚太小了，麻煩找一房一廚一廳的房子。

Scene 2 看房子

MP3-107

常用No.1 アパートを一月7万円で貸しています。

我的公寓以每個月七萬圓的租金出租。

2 もう少し大きい部屋がほしい。

我希望能住在稍微大一點的房間。

3 留学生に部屋を貸してくれる人を知りませんか。

你有沒有認識願意把房間出租給留學生的人家呢？

4 これは玄関も台所も一階と二階に別々にあるから、二つの家族が独立して住めるんだよ。

這一戶的一樓與二樓都各自有獨立的玄關和廚房，所以可以住兩戶家庭，而且生活上互不受干擾。

5 となりの家との間は2メートルです。

和隔壁房屋之間距離兩公尺。

6 それいいじゃないか。

這樣挺不錯的唷。

7 使わない部屋を貸そう。

把沒在使用的房間出租吧。

8 部屋が狭いのでベッドは一つしか置けません。

由於房間太小了，所以只能放得下一張床。

9 狭い台所ねえ。もう少し広いのがほしいわ。

這個廚房真小呀，我想要再稍微大一點的耶。

Scene 3 佈置新家

MP3-108

常用No.1 カーテンを変えるつもりです。

我想要換窗簾。

2 壁が暗いので明るい絵を飾った。

由於牆壁的顏色很深，因此掛了色彩明亮的繪畫作為裝飾。

3 机は窓のそばの明るいところがいいですね。

把桌子放在窗邊的亮處，這樣蠻不錯的唷。

4 明るいカーテンをかけましょう。

我們來掛顏色明亮的窗簾吧。

5 家具はそろっていますか。

請問家具都齊備了嗎？

6 リビングにソファーを置くつもりです。

打算在客廳裡放沙發。

7 ベットもずっと奥のところに置きましょう。

我們也來把床鋪放在房間最裡面的位置吧。

8 本棚はこっち側の壁のところに置こう。

把書架靠這面牆放置吧。

9 彼女はインテリアに凝っています。

她很講究裝潢佈置。

MP3-109

作客必備寒暄

常用 No.1 おじゃまします。
打擾了。

2 つまらないものですが、これ手土産です。
這是不成敬意的伴手禮。

3 これ、よかったらどうぞ。
一點薄禮，不成敬意。

4 どうぞおかまいなく。
您請別忙。

5 どうぞくつろいでください。
您請隨意坐。

6 コートをお預かりします。
我幫您把大衣掛起來。

7 お手洗いをお借りできますか。
可以向您借用一下洗手間嗎？

8 では、そろそろ失礼します。
那麼，我差不多該告辭了。

9 お邪魔しました。
今天打擾了。

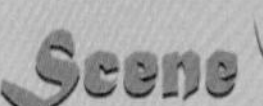
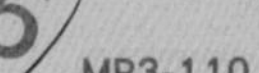

MP3-110

到朋友家-聊天

常用 No.1 すてきなお宅ですね。
好棒的房子喔。

2 モダンなリビングですね。
好摩登的起居室喔。

3 みちこさんの部屋、広いですね。
美智子小姐的房間好大喔。

4 あの時計、いいですねえ。
那個時鐘真不錯耶。

5 あの鳥の絵、上手ですねえ。
那幅小鳥的圖，畫得活靈活現的耶。

6 この人形もすてきですねえ。
這個人偶也好精緻呀。

7 あ、あのカレンダー、どこで買いましたか。
啊，那個月曆，你是在哪裡買到的呢？

8 わたしもあんなのが欲しかったですが。
我也好想要那種樣式的耶。

9 きれいなものがたくさんありますねえ。
您家裡有好多漂亮的東西喔。

MP3-111

派對邀請和送客

常用 No.1

土曜日のパーティーに来てくださいね。

星期六的派對，一定要來參加喔。

2

山田さんからパーティーに招待されました。

山田小姐邀了我參加派對。

3

パーティーは夜7時半からです。

派對是從晚上七點半開始。

4

ホテルでパーティーを開きます。

要在飯店開派對。

5

パーティーに大勢集まった。

有許多人出席了這場派對。

6

新しい洋服を着てパーティーに出た。

我穿著新洋裝出席了派對。

7

お客様を門まで送っていった。

把客人送到了門口。

8

駅まで乗せていってあげましょう。

我載您到車站吧。

9

今日は楽しかったです。

今天過得非常開心。

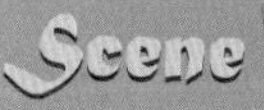

MP3-112

準備派對

常用 No.1

パーティーには何人ぐらい来ますか？

請問大約會有幾個人來參加派對？

2

何か持って行くものはありますか？

要不要帶什麼東西過去呢？

3

ちょっと遅れて行っても大丈夫ですか？

我會晚一點到，可以嗎？

4

手ぶらで来てくださって、構いませんよ。

請儘管空手來就好，沒關係的。

5

ドリンクだけ、各自で準備して来てください。

唯獨飲料部分，煩請自備。

6

パーティーのドレスコードは何ですか？

請問出席派對的服裝規定是什麼呢？

7

コップの数は足りていますか？

請問杯子數量夠嗎？

8

一人一品作って持って来てください。

請每人提供一道餐點帶來。

9

ビンゴゲームの準備をしています。

正在準備賓果遊戲。

Scene 8 派對的擺設

MP3-113

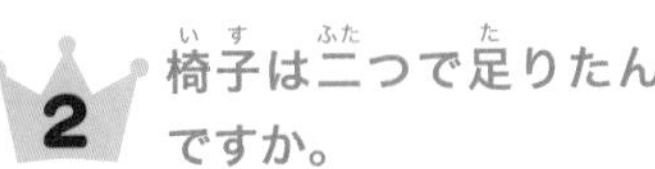

常用No.1 四角い皿は右においてくださいね。

請把四方形的盤子放在右手邊喔。

2 椅子は二つで足りたんですか。

請問只要兩張椅子就夠了嗎？

3 パーティーコンサートが終わったら、椅子を戻すんですよね。

等派對式的小型演奏會結束後，要把椅子歸回原處，對吧？

4 パンのお皿を持っていって、そのテーブルの真ん中においてね。

麻煩把麵包盤端過去，放在那張桌子的正中央喔。

5 楽しいパーティーにしようね。

這場派對要讓大家開開心心的。

6 そちらお願いします。

麻煩幫忙弄那邊。

7 一つの机には二人ずつ座るんだよね。

每張桌子坐兩個人，對吧？

8 じゃあ、後一つ持ってくればぴったりだね。

那麼，再搬一張過來就剛剛好囉。

9 お客様がいらっしゃいました。お茶を差し上げましょう。

客人已經來了，端茶請他們喝吧。

Scene 9 派對中用餐

MP3-114

常用No.1 お一ついかがですか。

您要不要來一塊呢？

2 いや、甘い物には弱いんですよ。じゃ、遠慮なく。

哎，我最喜歡吃甜食囉。那麼，我就不客氣了。

3 コーヒーに砂糖を入れますか。

您要不要在咖啡裡加糖呢？

4 お酒もいかがですか。

您要不要也來點酒呢？

5 あっ、あ、いいえ。お酒の方はちょっと。

啊！呃，不用了。我酒量不大好。

6 ええ、少しだけ。

謝謝，加一點就好。

7 あちらに鈴木さんがいらっしゃいましたよ。

鈴木小姐已經先到了，就在那邊呀。

8 硬くて食べられなかったら残してください。

如果太硬了吞不下去，請別強迫自己吃下去。

9 すみませんが、ちょっとお手洗いを貸してください。

不好意思，麻煩向您借用一下洗手間。

10 ええ、こちらへどうぞ。

好的，請往那邊走。

Scene 10 派對中聊天

MP3-115

常用No.1 ずいぶん久しぶりですね。

好久不見了耶。

2 素敵なドレスですね。

好漂亮的禮服喔。

3 あっちは盛り上がってるね。

那邊好熱鬧喔。

4 息子さん、ずいぶん大きくなりましたね。

令郎已經長這麼大了呀。

5 だんだん人が増えてきましたね。

賓客越來越多了。

6 もうこれ以上飲まない方がいいんじゃない？

您別再繼續喝了比較好吧？

7 私はあまりお酒が飲めません。

我的酒量不大好。

8 かなり酔っぱらってしまいました。

已經有不少醉意了。

9 そろそろお開きにしましょうか？

差不多該進入尾聲了吧？

Scene 11 告辭

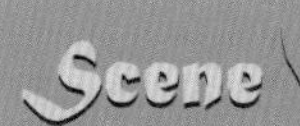

MP3-116

常用No.1 遅くなったので、そろそろ失礼します。

時間已經不早，差不多該告辭了。

2 今日はお招きありがとうございました。

今天非常感謝您的邀約招待。

3 またいらしてくださいね。

歡迎再度光臨。

4 電車がなくなるといけないので、私はこの辺で。

怕趕不上電車，容我先行告退。

5 奥様にもよろしくお伝えください。

請代我向您夫人問候。

6 今日はご馳走様でした。

今天承蒙招待佳餚。

7 忘れ物はないですか。

沒有忘了東西吧？

8 気をつけて帰ってくださいね。

回家路上請小心慢走喔。

9 何のおかまいもしませんで。

不好意思，沒能好好招待。

Scene 12 MP3-117

問路-指示的說法

常用No.1 信号が青いときは道路を渡れます。

綠燈時可以穿越馬路。

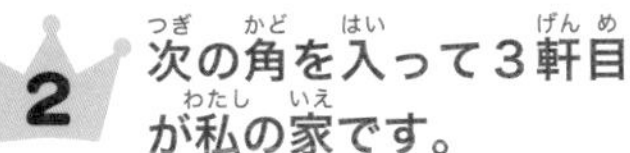

2 次の角を入って３軒目が私の家です。

轉進下一個轉角後，第三間房子就是我家。

3 曲がらないでまっすぐ行ってください。

請繼續直走，不要轉彎。

4 駅へ行く道はいくつもある。

有很多條路都可以通往車站。

5 隣の村へ行くには長い橋を渡らなくてはならない。

要到鄰村，非得要走過一條長長的橋才行。

6 あなたの足なら10分でいけます。

以你的腳程來說，只要十分鐘就可以到達。

7 あの角を曲がると公園があります。

轉進那個轉角後，有一座公園。

8 交番の前を右に曲がるとレストランがあります。

在派出所前面往右轉，就可以看到餐廳。

9 もし道が分からなかったら交番で聞いてください。

萬一迷路的話，請到派出所詢問。

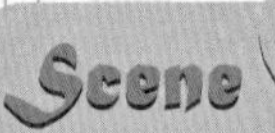

Scene 13 MP3-118

問路-對話

常用No.1 すみません。八丁目27ってどの辺りになりますか。

不好意思，請問八丁目27是在哪一帶呢？

2 一つ目の信号の先の辺りが八丁目なんですけどね。

在第一個紅綠燈再往前走的那附近，就是八丁目了。

3 後は、その近くでもう一度聞いてみてください。

之後的詳細地點，請您走到那附近後，再找人問看看。

4 すみません、東ホテルはどこですか。

不好意思請問東旅館在哪裡呢？

5 この先２本目を左に入って３軒目ですよ。

再往前走到第二個交叉路口，接著向左轉後，第三棟就是了。

6 あの大きい通りですか。

請問是在那條大馬路那邊嗎？

7 あそこに大きな道が見えるでしょう。

妳看到那邊那條大馬路了嗎？

8 あそこの角を右に曲がってください。

請從那個轉角處右轉進去。

9 郵便局、近くにありますか。

請問這附近有郵局嗎？

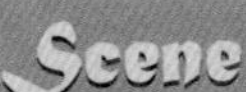

MP3-119

詢問公車

一番近いバス停はどこですか。

請問距離最近的巴士站是在哪裡呢？

このバスは東京大学に行きますか。

請問這輛會到東京大學嗎？

上野動物園までの運賃はいくらですか。

請問到上野動物園的車資是多少錢呢？

4

大阪公園前行きのバスは、何番の乗り場ですか。

請問往大阪公園站前的巴士，是在幾號站牌搭車呢？

すみません。このバスは市役所前を通りますか。

不好意思，請問這班巴士會經過市公所前這一站嗎？

6

市民ホールに行きたいんですが、どこで降りたらいいですか。

我要到市民活動禮堂，請問該在哪裡下車呢？

このバスは新宿から渋谷まで走っています。

這輛巴士的起站是新宿，迄站是澀谷。

このバスは上野行きです。

這輛巴士開往上野。

すみません、バスの路線図をいただけますか。

不好意思，可否給我一份巴士的營運路線圖呢？

Scene 15

MP3-120

搭公車

急にバスが揺れて人の足を踏んでしまった。

巴士突然一陣搖晃，害我踩到了別人的腳。

手を上げなくてもバスは止まってくれますよ。

即使不招手攔車，巴士也會停下來載客喔。

3

バスがすいていてよかったですね。

沒什麼人搭巴士，車廂空空的，真是太好了呀！

バスの回数券を買いました。

我買了巴士的回數票。

5

東京のバスは道が込んでいて早く走れない。

東京的巴士由於交通壅塞，所以無法快速行駛。

6

病院の前でバスを降りました。

在醫院門口下了巴士。

7

バスで学校に通っていました。

我之前都是搭乘巴士上學。

8

バスが渋滞に巻き込まれた。

巴士被塞在車陣中動彈不得。

9

東北地方をバスで旅行しました。

我在日本東北地區是搭巴士旅行的。

Scene 16　MP3-121

電車真方便

常用No.1 東京駅までの切符をお願いします。

麻煩您，我要買一張到東京的車票。

2 うちから駅まで歩いて15分かかる。

從我家走到車站，需花十五分鐘。

3 どこで降りたら便利ですか。

請問在哪一站下車比較方便呢？

4 明日は始発で大阪まで行きます。

明天要搭首班電車到大阪。

5 家を出る前に電車の時間を調べていった。

我在離開家門前，已先查過了電車的時刻表。

6 横浜駅で新幹線に乗って新潟駅で降りました。

從橫濱站搭新幹線到新潟站下了車。

7 電車で学校へ通っています。

我是搭電車上學的。

8 東京駅にはホテルやデパートもあります。

在東京車站也有飯店和百貨公司。

9 新幹線は特急より早いが飛行機より遅い。

新幹線比特急列車快，但比飛機慢。

Scene 17　MP3-122

搭電車的常識

常用No.1 朝8時から9時まで電車が一番込んでいる。

在早上八點到九點的時段，電車車廂最為擁擠。

2 新幹線は東京と大阪を3時間で走る。

新幹線在東京與大阪之間的車行時間是三小時。

3 定期券を買った方が安いですよ。

最好是買定期票比較便宜喔。

4 新幹線は予約しないといけませんか。

請問是不是一定要先預約車票，才能搭乘新幹線呢？

5 この時間の電車はいつも満員です。

這個時間的電車總是客滿的。

6 あの駅は各駅停車の電車しか止まりません。

那個車站只有每站停靠的電車才會停。

7 急行はこの駅に止まりません。

急行列車不會停靠本站。

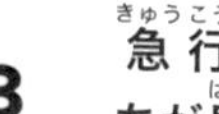

8 急行と特急ではどっちが早いの？

請問急行電車與特急電車，哪一種比較快呢？

9 バスより電車で行った方が早くつきます。

與其搭巴士，不如搭電車比較快到目的地。

Scene 18 MP3-123
搭電車常見的規則及意外

常用No.1 電車の窓から手や顔を出してはいけません。

不可將頭、手伸出電車的窗外。

2 電車が15分遅れています。

電車已遲了十五分鐘。

3 1号車は禁煙です。

一號車廂是禁菸車廂。

4 電車の中で足を広げてはいけません。

坐電車時，不可以雙腿大張。

5 電車の中で男の人が大きな口をあけて寝ています。

一位男人正在電車裡，張大嘴巴地呼呼大睡。

6 電車の中に傘を忘れる人が多い。

很多人都會把傘忘在電車上。

7 雪のため電車は30分遅くついた。

由於大雪的緣故，電車晚了三十分鐘才抵達。

8 電車の事故で大変だったでしょ。

您遇上了電車的事故，想必飽受驚嚇吧。

9 大阪で電車を降りなくてはいけないのに新大阪まで行ってしまいました。

明明在大阪站就該下車，卻搭過站而坐到新大阪站去了。

Scene 19 MP3-124
地下鐵

常用No.1 会社まで地下鉄で通っています。

我都搭地下鐵上班。

2 三田駅で地下鉄に乗り換えた。

在三田站轉搭了地下鐵。

3 この地下鉄は梅田を通りますか。

請問這條地下鐵路線會通往梅田嗎？

4 地下鉄は早くて安全です。

搭乘地下鐵既快捷又安全。

5 地下鉄は外が見えないから面白くない。

搭地下鐵時無法看到窗外的風景，所以相當枯燥乏味。

6 渋谷から新橋まで地下鉄で20分ぐらいです。

從澀谷搭地下鐵到新橋，大約是二十分鐘。

7 今朝の地下鉄はとても込んでいました。

今天早晨的地下鐵車廂極為擁擠。

8 東京の地下鉄は200キロ以上あります。

東京地下鐵的總長超過兩百公里。

9 千葉にはまだ地下鉄がない。

千葉縣還沒有地下鐵。

10 新しい地下鉄ができて便利になりました。

新的地下鐵路線開通後，交通變得便利多了。

11 梅田へ行くなら本町で御堂筋線に乗り換えてください。

如果要去梅田的話，請在本町轉搭御堂筋線。

計程車

MP3-125

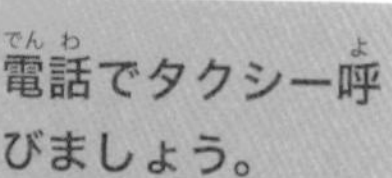

電話でタクシー呼びましょう。

我們打電話叫計程車吧。

すぐタクシーが見つかった。

立刻就招到了計程車。

ここで止めてください。

請在這裡停車。

タクシーを一台呼んでください。

請幫我叫一輛計程車。

タクシーがなかなか来ませんね。

怎麼等了那麼久，還沒等到計程車呢？

駅の方に行ってタクシーを探しましょうか。

要不要走去車站那邊，試看看能不能招到計程車呢？

すみません。東京駅までお願いします。

不好意思，我要到車站。

次の信号の手前で止めてください。

麻煩在下一個紅綠燈前停車。

右に曲がってください。

請右轉。

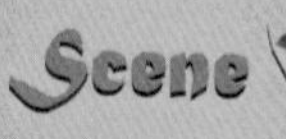

機場內

MP3-126

機内持ち込みの荷物は10キロまでです。

機艙手提行李限重十公斤。

パリ行きのチケットを予約しました。

我已經預約了前往巴黎的機票。

チケットはもうリコンファームしました。

我已經確認過機位了。

1年オープンのチケットを買いました。

我買了票期一年的機票。

出発の2時間前までにチェックインしないといけません。

必須在起飛前兩小時辦理報到手續才行。

この荷物は重たいので預けます。

這件行李很重，想要託運。

JAL777便は、ただ今より搭乗を開始いたします。

JAL777號班機，現在開始登機。

香港で飛行機を乗り換えます。

在香港轉機。

9

ヒューストンからニューヨークまで飛行機で2時間かかります。

從休士頓到紐約，搭飛機要花兩個小時。

Scene 22 搭飛機、船

MP3-127

常用No.1 飛行機に遅れそうだ。急ごう。

快要趕不上飛機啦！走快點！

2 飛行機の中ではよく眠れない。

在飛機裡很難熟睡。

3 大阪から上海までまっすぐ行く飛行機はある。

從大阪到上海有直航的班機。

4 飛行機は夜でも雨の中でも安全に飛べます。

即使是在夜裡或是雨中，飛機都能安全飛行。

5 飛行機がゆれて怖かった。

飛機左搖右晃地，恐怖極了。

6 飛行機の中にバッグを忘れた。

我把提袋忘在飛機上了。

7 飛行機が通り過ぎたあとに大きな音が聞こえた。

飛機從上空呼嘯而過後，才傳來了巨大的噪音聲響。

8 オーストラリアまで船で七日かかる。

搭船去澳洲必須航行七天。

9 湖をモーターボートが飛ぶように走っていく。

汽艇飛快地劃過湖面。

Scene 23 騎腳踏車

MP3-128

常用No.1 学校まで自転車で通っています。

我騎腳踏車去上學。

2 自転車で買い物に行きました。

我騎自行車去買了東西。

3 自転車に鍵をかけましたか。

您有把腳踏車上鎖嗎？

4 壊れた自転車を押していった。

我推著壞掉的腳踏車前進。

5 練習すれば誰でも自転車に乗れます。

只要多加練習，任何人都會騎自行車。

6 ここは人が歩く道だよ。自転車から降りなさい。

這裡可是人行道耶，快點跳下腳踏車用牽的！

7 疲れたので自転車を押していきました。

由於很疲憊，所以牽自行車步行。

8 道がすいていたので早く走れた。

因為路上沒什麼人車通行，所以能夠開／騎／跑得很快。

9 自転車が通るよ。右に曲がれ！

有自行車要超車喔，往右轉！

MP3-129

開車與行車守則

常用No.1 酒を飲んで自動車を運転してはいけない。

絶不可酒後開車。

2 急いで走ると危ないですよ。

如果開太快的話，很危險喔！

3 次の角は左に曲がれない。

下一個轉彎處不能往左轉。

4 自動車が道路に乗り上げた。

汽車開上了馬路。

5 日本の自動車はデザインがいいし、壊れない。

日本的汽車不僅設計精良，而且經久耐用。

6 危ないなあ。あんな急に曲がって。

像那樣突然轉彎，真是太危險了耶！

7 せまい道でスピードを上げてはいけない。

不可以在狹窄的巷弄裡高速行駛。

8 病院の前では自動車を駐められません。

汽車不得停在醫院門前。

9 事故を起こさないようにゆっくり走りましょう。

我們開慢一點，以免發生交通意外。

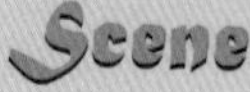

MP3-130

電話

常用No.1 電話だ！誰か出て！

電話響了啦！誰去接一下吧！

2 今忙しいのであとで電話します。

我現在正忙著，等一下再回電話。

3 今晩9時ごろ電話をください。

請在今晚九點左右撥電話給我。

4 もしもし、こちらは東京銀行ですが、朝日新聞社ですか。

喂，我這裡是東京銀行，請問是朝日新聞社嗎？

5 お電話などをいただけるとうれしいのです。

假如能接到您的回電，真是不勝感激。

6 私に誰かから電話がなかった？

有沒有人打過電話來找我呢？

7 部長からありましたよ。すぐ電話した方がいいですよ。

經理打過電話找你唷，最好立刻回電喔。

8 横浜についたら電話をします。

等我到達橫濱以後，再打電話給你。

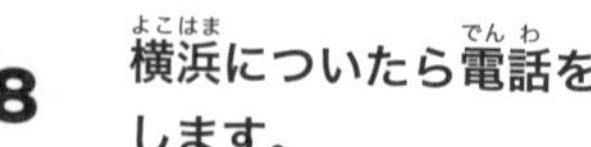

9 電話が遠いのでもう少し大きな声で話してください。

電話話筒傳出的聲音很小，請稍微提高聲量說話。

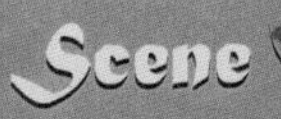

Scene 26 郵局、銀行

MP3-131

常用No.1 郵便局は9時から5時まであいています。

郵局的營業時間是從九點到五點。

2 土曜日と日曜日は郵便局は休みです。

郵局於星期六、日均不營業。

3 銀行は朝9時から午後3時まで開いています。

銀行的營業時間是從早上九點到下午三點。

4 郵便料金はここに書いてあります。

郵寄費寫在這裡。

5 重量やサイズによって郵便料金が異なります。

郵寄費會隨著重量跟尺寸不同而有差異。

6 台湾まで送るのに飛行機だと3日でつくが、船だと一ヶ月ぐらいかかる。

我想寄到台灣。以航空方式寄送，三天就會到；以水陸方式寄送，則需耗時一個月左右。

7 家を買うために銀行から2000万円借りた。

為了買房子，我向銀行貸款了兩千萬圓。

8 銀行で3万円下ろしました。

我去銀行領了三萬圓。

9 会社からもらった給料は銀行に預けます。

公司發的薪水都存入銀行帳戶裡。

Scene 27 信件與明信片(一)

MP3-132

常用No.1 この手紙、台湾へ送りたいんですがいくらですか。

我想要把這封信寄到台灣，請問郵資是多少錢呢？

2 山田さんから手紙が来ました。

山田先生寄了信來。

3 この手紙を受け取ったらすぐに返事をください。

在收到這封信後，敬請立刻回覆。

4 手紙の代わりにメールを送ります。

我寄送電子郵件代替實體郵件。

5 住所が間違っていて手紙が届かなかった。

由於寫錯地址，因而導致信件無法送達。

6 ポストにこの手紙を出してきてくれない？

麻煩把這封信投遞到郵筒裡，好嗎？

7 出席を手紙で知らせた。

以信件寄送了出席的回覆。

8 手紙に切手を貼るのを忘れて出しちゃった。

忘了在信封上黏貼郵票就寄出去了。

9 お礼を書くならはがきよりも手紙を送った方が丁寧です。

假如是要親筆致謝，與其寄明信片，不如寄信函來得有禮貌。

Scene 28 MP3-133

信件與明信片（一）

常用 No.1 はがき10枚と80円切手を５枚ください。

麻煩給我十張明信片以及五張八十日圓的郵票。

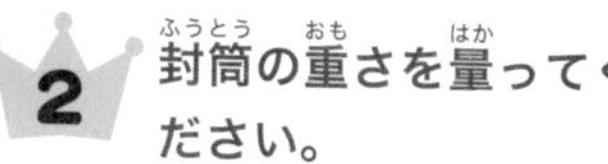

2 封筒の重さを量ってください。

請秤一下這封信的重量。

3 一週間に一度は家族にはがきを出します。

我每星期會寄一張明信片給家人。

4 住所を間違って書いたはがきが戻ってきた。

我在明信片上寫錯地址，結果被退回來了。

5 はがきは世界中どこへでも70円で送れる。

寄送到世界各地的明信片郵資一律是七十日圓。

6 東京に着いたことをはがきで知らせた。

寄了明信片告知已經安抵東京。

7 封筒に手紙を入れた。

把信紙裝入信封裡。

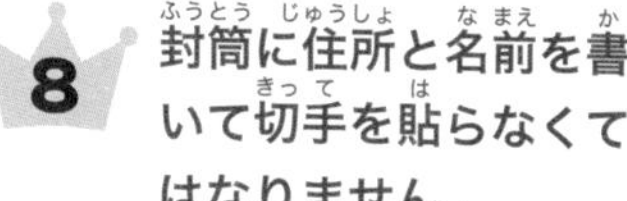

8 封筒に住所と名前を書いて切手を貼らなくてはなりません。

一定要在信封上書寫姓名與地址，並且貼妥郵票。

9 はさみで封筒を開けた。

拿剪刀剪開了信封。

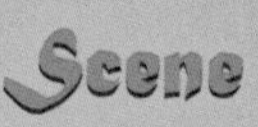

Scene 29 MP3-134

便利的圖書館

常用 No.1 図書館は朝９時から夜８時まで開いています。

圖書館從早上九點一直開到晚上八點。

2 月曜日は図書館は休みだ。

星期一是圖書館的休館日。

3 私の町の図書館では１回に５冊まで貸してくれる。

我們社區的圖書館，每次最多可以借閱五本書。

4 試験が近いので毎日図書館で勉強します。

由於考試已近，每天都窩在圖書館裡用功。

5 図書館で勉強しない？

要不要一起去圖書館裡讀書呀？

6 図書館は静かでいいですね。

圖書館裡非常安靜，挺適合讀書的唷。

7 図書館で日本の歴史を調べました。

我去圖書館查閱了日本的歷史。

8 図書館から借りた本は２週間たったら返さなくてはなりません。

向圖書館借閱的書，非得在兩週內歸還不可。

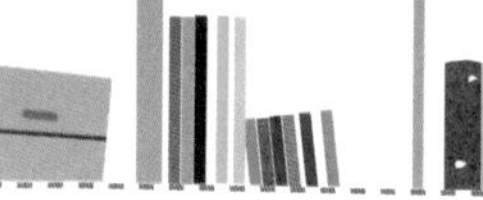

9 この図書館には15万冊の本があります。

這間圖書館有十五萬冊藏書。

圖書館借還書須知

あの～、図書館のカードを作りたいんですが…。

不好意思，我想要申請圖書館的借書證／閱覽證…。

あの～、本を借りたいんですが…。

不好意思，我想要借書…。

一回に何冊まで借りることができますか。

請問每一次至多可以借閱多少本書呢？

こちらのご利用は初めてですか。

請問您是第一次來這裡嗎？

身分証明書は、外国人登録証でも大丈夫ですか。

請問可以用外國人登錄證作為身分證明文件嗎？

6

どのくらいの期間借りられますか。

請問大約可以借閱多久呢？

2月20日までにご返却ください。

請在二月二十號之前歸還。

すみません。返却はこちらですか。

請問一下，要到哪裡還書？

借りた本は七日までに返してください。

您借閱的圖書請在七號之前歸還。

節約

このワンピースはお姉ちゃんのお下がりです。

食費は一月3万円以下に抑えています。

將每個月的飲食支出，控制在三萬日圓以下。

水を出しっぱなしにしないでください。

請別忘了隨手關緊水龍頭。

必ず電気を消してから出かけます。

離開前請務必關燈。

見ていないなら、テレビを消しなさい。

如果沒在看電視的話請關掉。

できるだけ自炊するようにしています。

盡可能自己開伙。

最近、外食の回数が減りました。

最近外食的次數減少了。

30度以上にならないと、クーラーはつけません。

如果氣溫沒有超過三十度，就不開冷氣。

同じ方向の友人と、タクシーを相乗りして帰りました。

和方向相同的朋友共乘一輛計程車回家了。

このワンピースはお姉ちゃんのお下がりです。

這件連身洋裝是我姊姊淘汰不要的。

MP3-137

志工活動

常用 No.1 私にもできるボランティア活動がありますか。

有沒有讓我也能盡一份心力的志工活動呢？

2 海岸のゴミ拾いをしました。

去海邊揀拾了垃圾。

3 父はボランティアで外国人に日本語を教えています。

父親是教導外國人日語的義工。

4 献血をしたことがありますか。

您曾經捐過血嗎？

5 スポーツ大会で、通訳ボランティアをしたことがあります。

我曾經在運動大賽裡擔任過口譯志工。

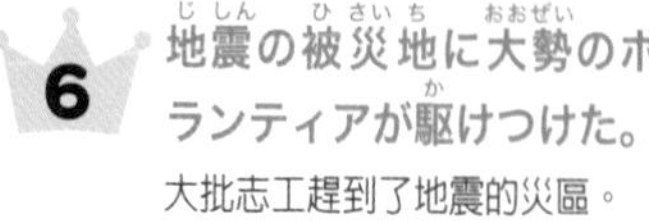

6 地震の被災地に大勢のボランティアが駆けつけた。

大批志工趕到了地震的災區。

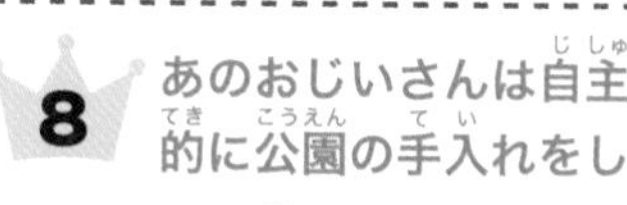

7 明日、地区の有志が集まって川掃除をします。

明天，地方上的義工會趕來一起打掃河川。

8 あのおじいさんは自主的に公園の手入れをしている。

那位爺爺常自動自發地清掃整理公園。

9 隣のおばさんは自分から進んでお寺の掃除をしています。

隔壁的阿姨常積極主動打掃寺院。

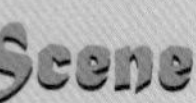

MP3-138

出差錯（一）

常用 No.1 電車に乗り遅れました。

沒趕上電車。

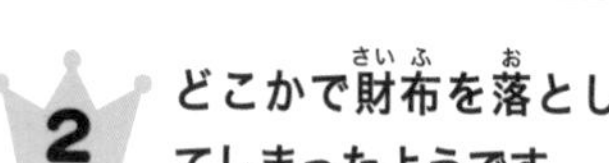

2 どこかで財布を落としてしまったようです。

好像把錢包掉在什麼地方了。

3 傘をバスに置き忘れました。

將傘忘在巴士上沒帶下來。

4 慌てていて、財布を持たずに、家を出てしまいました。

匆匆忙忙地連錢包也沒帶，就離開家門了。

5 伊藤さんからのメールを見落としていたようです。

似乎漏看了伊藤先生寄來的電子郵件。

6 ボディーソープを買い忘れた。

忘了買沐浴乳。

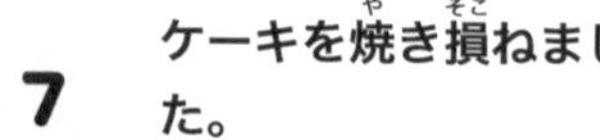

7 ケーキを焼き損ねました。

蛋糕烤壞了。

8 鈴木さんに連絡するのをすっかり忘れていました。

完全忘了要聯絡鈴木小姐。

9 うっかり電車を乗り過ごしてしまった。

坐電車時粗心大意而錯過站了。

MP3-139

Scene 34 出差錯（二）

常用No.1 すみません、私の勘違いでした。

對不起，是我誤解了。

2 あれはすべて私のミスです。

那件事全是因我的失誤而造成的。

3 あなたのせいじゃありません。

這不是你的錯。

4 私の間違いでした。

這是我的過錯。

5 すみません、電話番号をかけ間違いました。

對不起，我打錯電話了。

6 すっかり火曜日だと思い込んでいました。

我一直以為是星期二。

7 ミスの責任は私にあります。

我該負起過失的責任。

8 先ほど提出したレポートに1箇所誤りがあります。

方才提送的報告裡面有一個錯誤。

9 作者の名前を打ち間違えました。

作者的姓名被誤繕了。

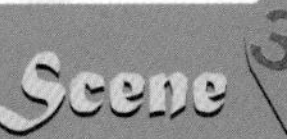

MP3-140

Scene 35 事故

常用No.1 危ないから、飛び出してはいけません。

不可以突然衝到路上，太危險了！

2 赤信号を無視して、車が突っ込んできました。

竟對紅燈視而不見，逕行開車衝了過來。

3 海でおぼれそうになったことがある。

曾經差點在海裡溺水。

4 暑くなると、水難事故の発生が増える。

只要天氣變熱，就會發生更多溺水事件。

5 工場で爆発事故が起きたという連絡がきた。

接到了工廠發生爆炸事故的通知。

6 山で遭難しかけました。

差點遇到了山難。

7 乗用車同士が正面衝突した。

兩輛轎車正面對撞了。

8 電信柱に乗用車がぶつかりました。

轎車撞上了電線桿。

9 高速道路で、玉突き事故が発生しました。

高速公路上發生了連環追撞事故。

MP3-141

花錢開銷

常用No.1 いくらですか。

請問這要多少錢呢？

2 毎月の生活に20万円かかります。

每個月的生活費需花二十萬圓。

3 会社から35万円もらっている。

每個月從公司領到三十五萬圓。

4 1000円札を出したらおつりが82円あった。

掏出千圓紙鈔後，找回二十八圓。

5 一年の学費は200万円かかります。

每年的學費要花兩百萬日圓。

6 高橋さんは自動車にお金をかけています。

高橋先生在愛車上花了不少錢。

7 金があれば車でも家でも買える。

假如有錢的話，就可以既買新車又買新屋。

8 いくら金があっても買えないものがある。

某些事物無論有多少錢都無法買的。

9 お金はいくらあっても困まらない。

錢再多也不愁。

Scene 37 MP3-142

金錢問題

常用No.1 今月は金欠です。

這個月缺錢。

2 一週間後に返すから3万円貸してくれない？

請借我三萬圓，一星期後就會還你。

3 この間貸したお金を返してよ。

你之前向我借的錢還給我吧！

4 給料日前でお金がなくなってきました。

在發薪日之前，就已經把錢先花光了。

5 銀行が金を貸さなくなった。

銀行拒絕了貸款給我。

6 金を貸したり借りたりすると友達をなくす。

和朋友有金錢往來的話，最後將會失去朋友。

7 今お金を払えないので来週まで待ってください。

我現在沒辦法付錢，麻煩您讓我寬限到下星期。

8 友達からお金を借りてはいけません。

不可以向朋友借錢。

9 いつになったら金のかからない明るい政治ができるのだろう。

到底要到什麼時候，才會有不受金錢污染的乾淨政治生態呢？

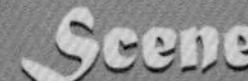

Scene 38 MP3-143 遭小偷、東西不見了

常用No.1 高橋さんのうちに泥棒が入ったんです。

高橋小姐家遭小偷了。

2 お金を拾ったので交番に届けました。

由於我撿到錢，所以送到了派出所。

3 何か探しているんですか。

請問您在找什麼呢？

4 泥棒に入られたら大変です。

要是讓小偷潛入的話，那就糟糕囉。

5 泥棒はどんな顔をしていましたか。

請問那個小偷長什麼樣子呢？

6 泥棒が交番に連れて行かれた。

小偷被帶去了派出所。

7 泥棒に金を盗られた。

錢被小偷偷走了。

8 人のものを黙って持っていくな。

不准悶不吭聲地拿走別人的物品。

9 ええ、どこかこの辺りにめがねを置き忘れたんです。

嗯，我好像把眼鏡忘在這一帶。

Scene 39 MP3-144 天災人禍

常用No.1 地震で30人が死んだ。

這場地震奪走了三十條生命。

2 隣のうちが火事になった。

隔壁鄰居家發生了火災。

3 事故のニュースを今朝の新聞で知った。

我從今天早上的晨間報紙知道了事故的消息。

4 地震で多くの家が壊れた。

許多家戶房屋在地震中倒塌傾圮。

5 昨日はたいへんな雪で、電車もバスも動かなかった。

昨天的那場豪雪，導致電車與巴士都動彈不得。

6 たいへんだ！火事だ！

不好啦！失火啦！

7 火事で何もかも焼けてしまった。

所有的家當都被那把火燒成灰燼了。

8 カーテンにストーブの火がついて火事になった。

火爐裡的火苗竄上窗簾，因而引發了火災。

9 交通事故で毎年1万人以上の人が死んでいます。

交通事故每年會奪走超過一萬條性命。

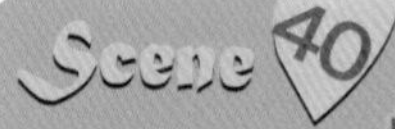

MP3-145

防範各種災害

夜は明るい道を通ります。

常用No.1 テレビが台風のニュースを伝えている。

電視正在播報颱風動態的新聞。

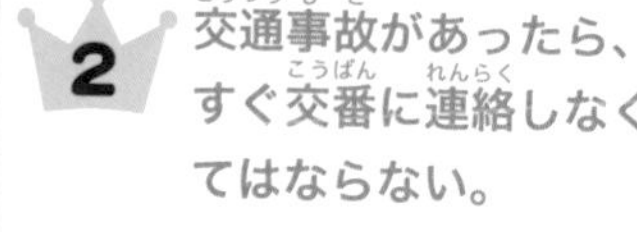

2 交通事故があったら、すぐ交番に連絡しなくてはならない。

假如發生了交通事故，一定要立刻聯絡派出所才行。

3 危ないからこの川で泳ぐな。

不要在這條河裡游泳，太危險了！

4 危ないよ。左側を歩かない。

別走左邊，那邊很危險喔！

5 事故を起こさないようにゆっくり走りましょう。

我們開慢一點，以免發生交通意外。

6 部屋の中から鍵がかかっていた。

房門從裡面上了鎖。

7 夜は明るい道を通ります。

我在晚上會挑燈光明亮的道路行走。

8 玄関が開いているから中に誰かいるでしょう。

既然玄關大門是開著的，想必有人在裡面吧。

9 冬は空気が乾いていて火がつきやすい。

冬天的空氣乾燥，所以很容易引發火災。

MP3-146

居家現狀

常用No.1 どちらに住んでいらっしゃいますか。

請問您住在什麼地方呢？

2 親と一緒に住んでいます。

我和父母住在一起。

3 横浜に3年間住んだことがある。

我曾經在橫濱住過三年。

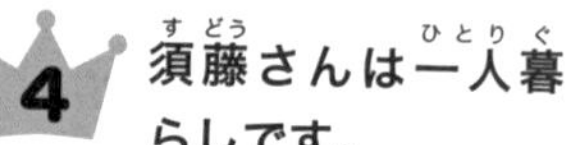

4 須藤さんは一人暮らしです。

須藤先生自己一個人住。

5 電話がなくて不便だ。

沒有電話真是不方便極了。

6 いいうちに住んでますね。

您住的房子真好呀。

7 いいえ、古い家ですよ。

哪兒的話，這房子已經很舊了。

8 東京で広い庭のある家を持つことは難しい。

在東京很難擁有附大庭院的房屋。

9 こんなに自動車の多いところは住みたくない。

我不想住在這種車水馬龍的地方。

房間

MP3-147

常用No.1 この部屋にはよく日が当たる。

這個房間的採光非常充足。

2 もう少し広い部屋がほしい。

希望能有再大一點的房間。

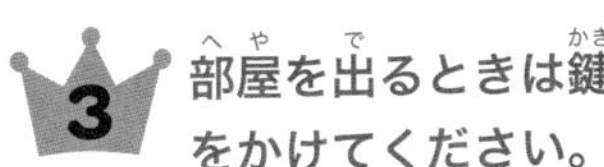

3 部屋を出るときは鍵をかけてください。

要離開房間的時候，請將房門上鎖。

4 部屋の中が暗くなっていった。

房間裡面變暗了。

5 カーテンを開けて部屋を明るくしました。

拉開窗簾使房間變亮了。

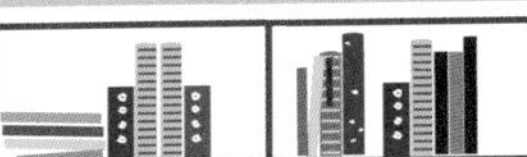

6 部屋が寒ければストーブをつけましょう。

如果房裡很冷的話，那就點暖爐吧。

7 ずいぶん汚い部屋だねえ。少し片付けなさい。

這房間還真是髒亂哪。好歹整理一下嘛！

8 お客様が来るので部屋を掃除して花を飾りました。

由於有客人要來造訪，所以打掃了房間，還插了花裝飾。

9 2階の部屋を学生に貸しています。

二樓的房間出租給學生。

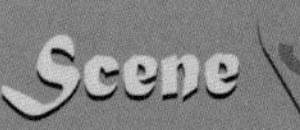

理想的居家環境

MP3-148

常用No.1 広いうちに住みたい。

我想要住大房子。

2 池を作れるほど大きな庭がほしい。

我想要一個大庭院，大到可以挖個池塘。

3 一度外国に住んでみたいです。

真希望能有機會住在外國。

4 いくら不便でも田舎の方がいい。

無論生活再怎麼不便，還是住在鄉下比較好。

5 庭に桜の木が植えてある。

庭院裡種著櫻花樹。

6 静かで空気のきれいなところに住めたらいいと思います。

我覺得如果能住在環境寧靜、空氣清新的地方，不知該有多好。

7 狭くてもいいから庭のある家に住みたい。

即使小一點也無所謂，真希望能住在有院子的房屋。

8 天気がよかったので子供を庭で遊ばせた。

由於天氣晴朗，所以讓小孩在院子裡玩。

MP3-149

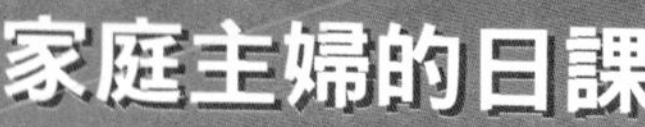

家庭主婦的日課

常用No.1 朝は掃除や洗濯などで忙しい。

早上又是打掃又是洗衣的，非常忙碌。

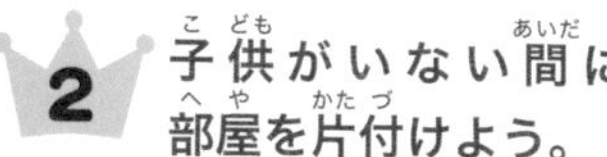

2 子供がいない間に部屋を片付けよう。

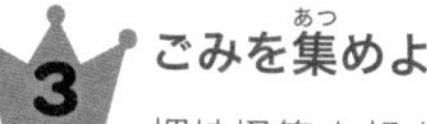

趁小孩不在家時收拾打掃家裡吧。

3 ごみを集めよう。

把垃圾集中起來吧。

4 洗濯したものが乾いた。

之前洗的衣物已經乾了。

5 天気がいいから洗濯をしましょう。

天氣這麼好，我們來洗衣服吧。

6 天気がいいので掃除でもしよう。

由於天氣很好，打掃了一下吧。

7 雨が降っていて三日間も洗濯が出来なかった。

雨一直下個不停，已經連續三天都沒辦法洗衣服了。

8 子供がいると洗濯がたいへんです。

有了孩子以後，要洗的衣服變得好多。

9 シーツが黒くなったから取り替えましょう。

床單都變黑了，換條新的吧。

MP3-150

打掃

常用No.1 週に1度はお風呂をきれいに磨きます。

每星期掃一次浴室，把它刷洗得乾乾淨淨的。

2 玄関をほうきで掃きました。

拿掃把打掃了玄關。

3 シンクは洗剤をつけてしっかり洗ってください。

請用洗潔劑仔細刷洗水槽。

4 おばあちゃんは毎朝庭掃除をします。

奶奶每天早上都會灑掃庭院。

5 毎日掃除機をかけますか。

每天都用吸塵器清掃嗎？

6 トイレ掃除が嫌いです。

我討厭掃廁所。

7 教室と廊下の床は雑巾で拭きます。

用抹布擦拭教室和走廊的地板。

8 天気がいいので窓拭きをしましょう。

天氣很好，我們來擦窗戶吧！

9 年末には家族で大掃除をします。

全家動員做年底大掃除。

Scene 6 洗滌

MP3-151

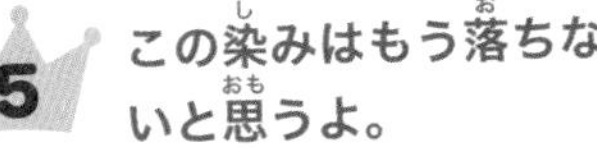

常用 No.1
白い服と色物の服は分けて洗濯します。
我會把白色衣物和有顏色的衣物分開來洗。

2
靴下や下着は手洗いします。
我會用手洗襪子和內衣褲。

3
他に洗うものはありますか。
還有沒有其他要洗的東西？

4
もう洗濯し終わりました。
已經洗完衣服了。

5
この染みはもう落ちないと思うよ。
我想這塊污漬應該洗不掉了吧。

6
ワンピースはネットに入れて洗ってください。
請把連身洋裝放進洗衣袋裡面洗。

7
よく濯いでくださいね。
請以清水仔細洗乾淨喔。

8
そのセーターはドライクリーニングに出します。
那件毛線衣要送乾洗。

9
ついでに運動靴も洗っておきましょう。
也順便洗一下運動鞋吧。

Scene 7 廚房工作

MP3-152

常用 No.1
姉が台所で朝ご飯の用意をしています。
家姊正在廚房裡準備早餐。

2
台所からいいにおいがしてきますね。
好香的氣味從廚房裡傳了過來。

3
母はたいてい台所にいる。
家母多半都待在廚房裡。

4
砂糖をあと10グラム足してください。
請再加入十公克砂糖。

5
塩をスプーン３杯足した。
加入了三匙鹽。

6
ゆでてから、細かく刻んでください。
請先燙過之後，再切成小丁。

7
包丁で叩くようによく刻んでください。
請像拿菜刀敲剁似地將它切成細丁。

8
ナイフで指を切った。
刀子切到手了。

9
食器に移して、醤油をかけたら、お箸でよく掻き混ぜて、出来上がり！
將之移置於碗盤裡，淋上醬油，接著以筷子仔細拌勻，就完成囉！

MP3-153

烹煮下廚

まずお湯を沸かしてください。

首先請把水煮開。

2 ガスを消してください。

請把瓦斯爐關掉。

3 レンジで3分チンすれば、すぐ食べられます。

只要用微波爐微波三分鐘，就立刻可以食用。

4 ほうれん草は、沸騰したお湯に入れて茹でます。

把菠菜放到滾水裡燙熟。

5 卵をお箸でしっかり溶いてください。

以筷子把蛋均勻打散。

6 このシチューは3時間も煮込みました。

這道燉肉已經整整燉了三個小時。

7 玉ねぎをみじん切りにしてください。

請將洋蔥切成小丁。

8 鶏の唐揚げは何分ぐらい揚げるんですか。

請問雞塊大約要油炸幾分鐘呢？

9 お肉が焦げてしまった。

肉燒焦了。

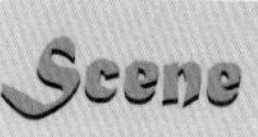

MP3-154

餐具的擺飾及收拾

箸は難しいのでナイフとフォークがほしいです。

用筷子不大方便吃，請給我刀叉。

2 テーブルにお皿とフォークを並べました。

桌上擺放了盤子和叉子。

3 食べ終わったらお皿を台所にもって行きなさい。

吃完以後，記得把碗盤拿去廚房。

4 ステーキをナイフで小さく切りました。

用刀子把牛排切成小塊。

5 テーブルの上にナイフとフォークとスプーンを並べました。

桌上擺放了刀叉以及湯匙。

6 食べ物をお皿にとってあげましょう。

把食物盛在盤子上端給他吧。

7 台所から料理を運んでテーブルに並べました。

從廚房裡端出菜餚放到了餐桌上。

8 食事が終わったらお皿を台所に持っていってください。

吃完飯後請將碗盤拿到廚房。

9 大きなお皿は主人が洗います。

大型盤子由我先生負責洗。

Scene 10 MP3-155

整理花園

母は朝晩必ずベランダの花に水をやります。

媽媽早晚都一定會幫種在陽台上的花澆水。

2

父は植木の剪定をするのが好きです。

爸爸很喜歡修剪植栽。

盆栽の手入れは難しいですか。

請問盆栽不容易種嗎？

梅雨時は草取りが大変です。

在下梅雨時，除草是件苦差事。

冬が近づくと、落ち葉の掃除が大変です。

冬天的腳步接近後，打掃落葉就很辛苦。

春に向けて、花の種をまきました。

灑埋了花的種子，等待春天開花。

やっと双葉が出たよ。

終於冒出了新芽囉！

つぼみがずいぶん膨らんできました。

花苞變得又圓又大了。

明日には花が咲くと思います。

我想明天應該會開花。

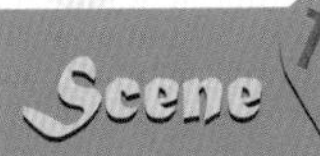

裝潢家

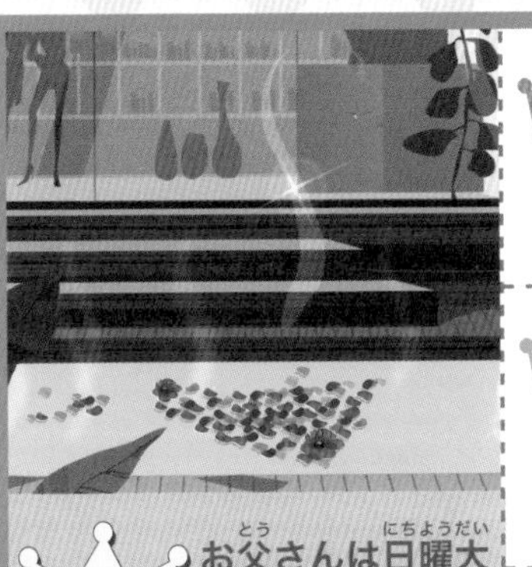

常用 No.1

お父さんは日曜大工が大好きです。

父親很喜歡在假日做木工。

2

壁を明るい色に塗り替えたいです。

我想要把牆壁改粉刷成明亮的顏色。

お風呂場をリフォームしたいです。

我想要改裝浴室。

私の部屋に棚を作ってくれました。

他在我的房間裡幫我做了一個置物架。

このペンキは室内に塗っても大丈夫ですか。

這種塗料可以刷在室內嗎？

カーペットを張り替えました。

更換了新地毯。

壁にお気に入りの絵画を掛けようと思っています。

我想要在牆壁上掛喜歡的圖畫。

このおもちゃ箱は父のお手製です。

這個玩具箱是爸爸親手做的。

冬になると、部屋の模様替えをしたくなります。

到了冬天，就會想要改變房間的佈置。

Scene 12 修理

MP3-157

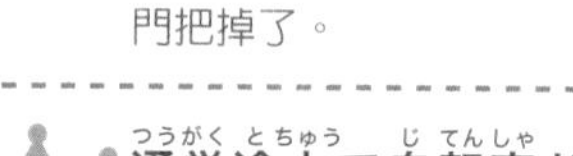

常用No.1 これ、修理できますか。

這個能夠修得好嗎？

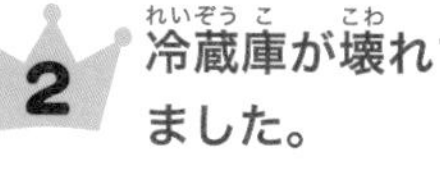

2 冷蔵庫が壊れてしまいました。

冰箱壞掉了。

3 ドアの取っ手が取れてしまった。

門把掉了。

4 通学途中で自転車がパンクした。

腳踏車在上學途中爆胎了。

5 このラジオは壊れていませんよ。電池がなくなっただけです。

這台收音機沒有壞喔，只是電池沒電了而已。

6 このトランクは、車輪を直したらまだまだ使えます。

這個行李箱只要修好輪子，就能夠繼續使用。

7 接着剤でくっ付けたら、大丈夫だと思いますが。

我想只要用黏膠黏好，應該就沒問題了吧？

8 紐で縛り直せば、問題ないです。

只要用繩子重新捆紮好，就沒問題了。

9 ネジが外れたので、締め直しておいてちょうだい。

螺絲鬆脫了，請重新鎖緊。

Scene 13 其它的家事

MP3-158

2 ゴミ出しは主人の担当です。

我先生負責倒垃圾。

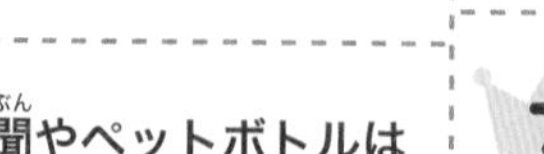

3 新聞やペットボトルは廃品回収に出します。

把報紙和寶特品拿出去資源回收。

4 ワイシャツのアイロンがけは面倒です。

熨燙襯衫是件麻煩的事。

5 デパートへお中元を買いに行きましょう。

我們一起去百貨公司採購中元節的禮品吧。

6 そろそろ衣替えした方がいいね。

差不多該把家裡的衣物換季囉。

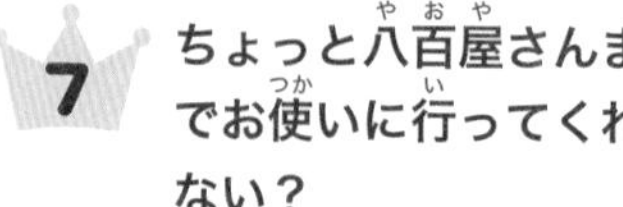

7 ちょっと八百屋さんまでお使いに行ってくれない？

你可以替我跑一趟，去蔬果店那裡買個東西嗎？

8 2時になったら幼稚園へお迎えに行かないといけません。

到了兩點就非得去幼稚園接小孩不可。

常用No.1 スーパーへ夕食の買い出しに行ってきます。

我去超市買晚餐的食材。

9 応接間の電球を取り換えてください。

請更換客廳的燈泡。

Scene 1 MP3-159

生鮮食品

常用 No.1 野菜より肉のほうが好きです。

我比較喜歡吃肉，不喜歡吃菜。

2 果物にはビタミンCがたくさんあります。

水果中富含維他命Ｃ。

3 秋はおいしい果物がたくさん穫れます。

秋天可以採收許多美味的水果。

4 野菜にはいろいろなビタミンがたくさんあります。

蔬菜富含各式各樣的維他命。

5 野菜だけじゃなく、肉や魚も食べなさい。

不要只吃青菜，也要吃肉和魚。

6 肉ばかり食べないで野菜も食べなくてはダメです。

別光顧著吃肉，也得吃蔬菜才行。

7 朝はパンとコーヒーと果物です。

我早餐都吃麵包、咖啡、以及水果。

8 箱にリンゴが七つは入っていました。

盒子裡裝了七顆蘋果。

9 赤いトマトがおいしそうです。

鮮紅的番茄看起來好好吃喔。

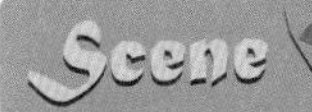

Scene 2 MP3-160

打聽餐廳

常用 No.1 どこかいいレストラン知らない？

你知不知道哪裡有不錯的餐廳呢？

2 駅前の安くておいしいレストランを教えてあげましょう。

我告訴你一家開在車站前、便宜又好吃的餐廳吧。

3 この店、結構いい感じですね。

這家店的感覺真不錯耶。

4 昨日のレストランはまずかったね。

昨天上的那家餐廳，菜餚真是難吃極了哪。

5 あそこのレストランは高くておいしくない。

那邊那家餐廳既貴又難吃。

6 あそこのレストランは味がいいけど値段がちょっと高いね。

那家餐廳雖然餐點很好吃，不過價格有點貴耶。

7 私が知っているイタリアレストランの中でこの店が一番おいしい。

我吃過的義大利餐廳裡面，以這家店的餐點最好吃。

8 このパン屋さんはおいしいからいつも込んでいます。

這家麵包店的麵包糕點很好吃，因此總是擠滿了上門的顧客。

9 この店の味はおいしいが、サービスが悪い。

這家店的餐點雖然味道不錯，但是服務態度很差。

MP3-161

邀約與預約餐廳

常用No.1 來週、会社の後で食事に行きませんか。

下星期找一天下班後一起去吃個飯吧！

2 いいですね。いつがいいですか。

聽起來不錯耶，要約哪一天呢？

3 銀座のレストランに5人の席を予約しました。

我在銀座的餐廳訂了五個人的位置。

4 そうですね、私は月曜と木曜以外はだいじょうぶです。

讓我看看喔，除了星期一跟四以外，我都可以。

5 じゃ、火曜にしましょう。

那就約星期二吧！

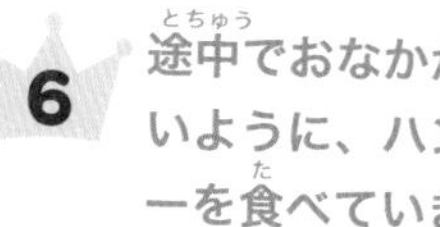

6 途中でおなかがすかないように、ハンバーガーを食べていきませんか。

要不要先吃個漢堡，以防半路肚子餓呢？

7 月に一度、家族みんなでレストランで食事をするのが楽しみです。

全家人都很期待每個月一次上餐廳聚餐。

MP3-162

到餐廳

常用No.1 いらっしゃいませ。

歡迎光臨。

2 こちらのAコースをください。

給我這個A套餐。

3 かしこまりました。

我已經記下您點的餐了。

4 おタバコはお吸いになりますか。

請問您有吸菸嗎？

5 お席は喫煙席と禁煙席、どちらになさいますか。

請問您要坐在吸菸區還是非吸菸區呢？

6 店内でお召し上がりですか。お持ち帰りですか。

請問您要內用還是外帶？

7 お先にお飲み物をお伺いします。

請先點飲料。

8 コーヒーは食後になさいますか。

請問您的咖啡要等用餐完畢後再上嗎？

9 こちらが本日のお薦めのメニューでございます。

這是今日的推薦菜單。

MP3-163

用餐結帳

今回は払わせてね。

這回輪到我付錢囉。

2 一万円お預かりします。

先收您一萬圓。

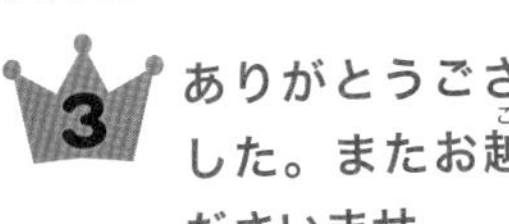

3 ありがとうございました。またお越しくださいませ。

感謝您的光臨，歡迎再度光臨。

4 いいよ、いいよ。

不用啦、不用啦！

5 それじゃ悪いわよ。じゃ、少しは出させて。

那怎麼好意思呢。不然，多少讓我出一點吧！

6 いいから、気にしないで。

不用了啦，不必在意嘛。

7 レストランで8000円も取られたのが痛かった。

竟然在餐廳花掉了高達八千日圓，真是心疼極了。

8 900円のお返しでございます。お確かめください。

找您九百日圓，麻煩您清點確認一下。

MP3-164

用餐習慣

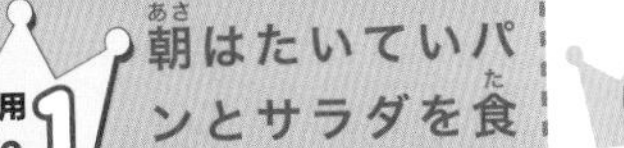

常用No.1 朝はたいていパンとサラダを食べます。

我常吃麵包和沙拉當早餐。

2 右手に箸を持ち、左手に茶碗を持って食べます。

右手拿筷子，左手拿飯碗用餐。

3 寿司は手で食べます。

壽司是用手直接拿取送進嘴裡的。

4 箸の持ち方の下手な人が少なくない。

有不少人拿筷子的姿勢不正確。

5 箸は右手に、茶碗は左手に持って食べます。

右手持筷、左手端碗地進食。

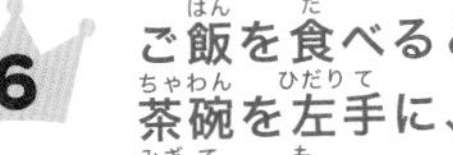

6 ご飯を食べるときは茶碗を左手に、箸を右手に持ちます。

吃飯的時候，要以左手端碗，右手持筷。

7 洋食はスプーンやフォーク、ナイフを使う。

吃西餐會使用湯匙、刀子還有叉子。

8 パンにバターを厚く塗って食べます。

在麵包上塗抹一層厚厚的奶油後，再送入嘴裡。

9 食事のとき日本人や中国人は箸を使うが、アメリカ人やヨーロッパ人はナイフやフォークを使います。用餐的時候，日本人與中國人會使用筷子，美國人和歐洲人則使用刀叉。

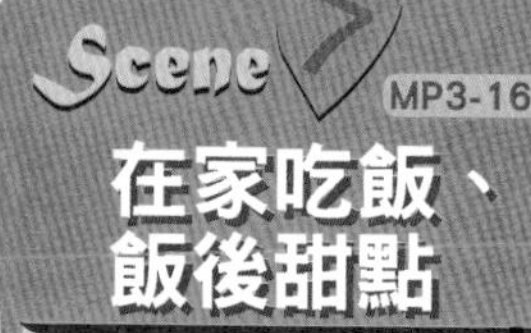

Scene 7 在家吃飯、飯後甜點

MP3-165

常用 No.1 お昼ですよ。

已經中午囉。

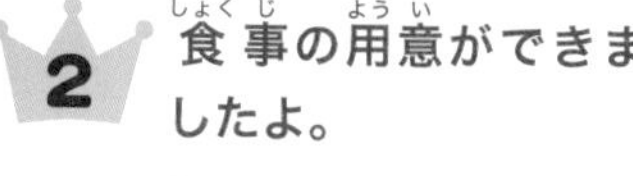

2 食事の用意ができましたよ。

飯已經準備好囉。

3 ご馳走様。ああ、おいしかった。

我吃飽了。哎，真是太好吃了。

4 ご飯を食べましょう。

我們去吃飯吧。

5 お腹がすいただろう。さあ食べな。

你已經餓了吧？來，快點吃吧！

6 温かいご飯がおいしい。

熱騰騰的飯好好吃喔。

7 取っておいたケーキを妹に食べられてしまった。

我特意留下來準備大快朵頤的蛋糕，被妹妹吃掉了。

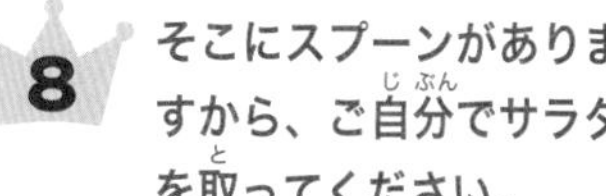

8 そこにスプーンがありますから、ご自分でサラダを取ってください。

湯匙就放在那裡，請自行拿取，盛裝沙拉享用。

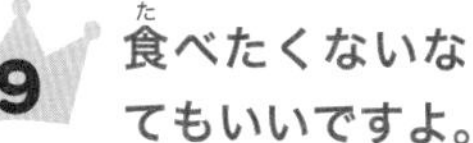

9 食べたくないなら残してもいいですよ。

如果不想吃的話，剩下來不吃也沒關係。

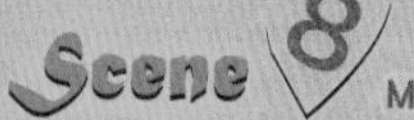

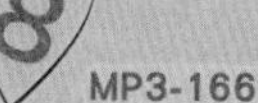

Scene 8 外送到家

MP3-166

常用 No.1 お昼は蕎麦の出前を頼みます。

午餐請餐廳外送蕎麥麵。

2 お届け先の住所をお願いします。

請寫下配送地點的地址。

3 東京都東京区1－1－1までお願いします。

麻煩送到東京都東京區1－1－1。

4 今夜はピザのデリバリーにしようか。

今天晚上叫外送比薩來吃吧？

5 父の誕生日なので、お寿司をとりました。

由於是父親的生日，訂了外送壽司。

6 注文いただいてから、30分以内にお届けします。

我們接到訂單以後，在三十分鐘以內就會送到。

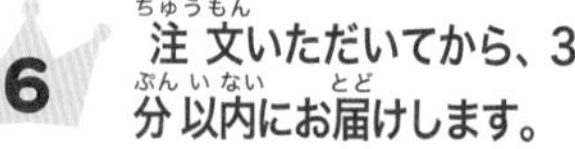

7 代金はスタッフに現金でお支払いください。

請以現金支付餐費給外送員。

8 お弁当の宅配サービスを始めました。

開始承接送便當到府的業務了。

9 お椀は後で回収に来ますので、玄関に置いておいてください。

請把吃完的碗放在玄關門前，我們等一下會來回收。

Scene 9 酒類

MP3-167

常用No.1 ビールなどいかがですか。

您要不要喝啤酒呢？

2 酒を飲んだら、絶対に車を運転してはいけない。

如果要喝酒的話，酒後絕對不能開車。

3 お酒を飲むと顔が赤くなります。

只要一喝酒，臉就會發紅。

4 よく飲むな。大丈夫？

您喝得真多呀，不要緊嗎？

5 酒を飲むとすぐ眠たくなる。

一喝了酒，就會馬上有睏意。

6 少しの酒ならいいが、飲みすぎると体によくない。

如果只是小酌倒還好，倘若飲酒過量則有礙健康。

7 冷えてないビールを飲んでもおいしくない。

溫溫的啤酒一點也不好喝。

8 一日の仕事が終わってから飲むビールはうまい。

忙完一整天的工作後喝點啤酒，那滋味真是棒極了！

9 誰かが箱をあけてワインを飲んでしまった。

有人打開箱子，把紅酒喝掉了。

Scene 10 飲料

MP3-168

常用No.1 飲み物は何になさいますか。

請問您要喝什麼飲料呢？

2 オレンジジュースをお願いします。

麻煩給我柳橙汁。

3 冷たい飲み物でもいかがですか。

您要不要喝點冷飲？

4 のどが渇いた。何か飲み物ない？

我好渴，有什麼什麼可以喝的？

5 ジュースならあるわよ。

我這裡有果汁喔。

6 コーヒーなどの温かい飲み物がほしいです。

我想喝咖啡之類的熱飲。

7 熱いコーヒーがおいしかった。

剛才那杯熱咖啡真是太好喝了。

8 ぬるいコーヒーはまずくて飲めない。

冷掉的熱咖啡太難喝了，根本無法入喉。

9 コーヒーに砂糖をスプーンで入れました。

以湯匙舀起砂糖摻入咖啡裡面。

MP3-169

料理

常用No.1 好きな料理はすしです。

我喜歡吃的料理是壽司。

2 母の料理を手伝いました。

我幫忙媽媽做菜。

3 おなかがすいていればなんでもおいしい。

只要肚子餓了，吃什麼都覺得好吃。

4 母の料理はみんなおいしいです。

我媽媽煮的菜，每一道都好好吃。

5 夕食に肉を料理しています。

我正在煮晚餐要吃的肉。

6 日曜日は夫が料理を作ります。

星期天由我先生做菜。

7 林さんの奥さんは料理が上手です。

林先生的太太的廚藝真高明。

8 すき焼きやてんぷらは日本の料理です。

壽喜燒以及天婦羅是日式料理。

9 冬は温かい料理を食べたい。

冬天想吃熱騰騰的料理。

MP3-170

味道的好壞

常用No.1 味はどう？

味道如何？

2 いい味が出てる。

熬出鮮美的滋味。

3 あまり味がしない。

沒什麼味道。

4 いい味のができた。

烹調完成了風味絕佳的料理。

5 こくも、うすくもなくてちょうどいい。

不會過濃、也不會太淡，味道剛剛好。

6 この野菜、味がないなあ。

這種蔬菜嚐起來沒味道耶。

7 塩が足りなくてまずい。

鹽放得不夠，不好吃。

8 冷たくなったピザはまずい。

冷掉了的比薩好難吃。

9 風邪を引いているので食べ物の味がぜんぜん分からない。

由於感冒了，完全吃不出食物的味道。

Scene 13 MP3-171

味道與佐料

常用No.1 辛いものは食べられません。

我不敢吃辣的。

2 ちょっと味が薄いですね。もう少ししょうゆを足してください。

味道似乎有點淡耶，請再加點醬油。

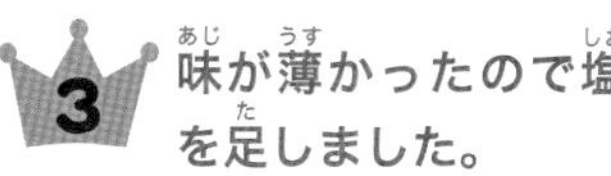
3 味が薄かったので塩を足しました。

因為味道太淡了，所以加了鹽調味。

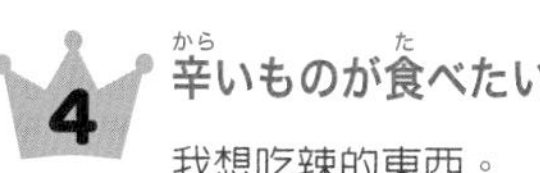
4 辛いものが食べたい。

我想吃辣的東西。

5 しょうゆを少し足すといい味になります。

假如加一點醬油的話，味道就會變得很棒。

6 しょうゆをかけすぎると体によくないです。

吃東西時沾太多醬油，對身體健康不太好。

7 日本料理にはしょうゆがいる。

醬油在日本料理中是不可或缺的。

8 野菜にしょうゆをかけて食べた。

我在蔬菜上淋了醬油後夾入嘴裡。

9 味噌としょうゆさえあれば、外国でも生活できます。

只要有味噌和醬油，即使在國外也能活得下去。

Scene 1 MP3-172

幫忙跑腿

常用No.1 買い物は楽しい。

買東西真愉快。

2 姉と買い物に行きました。

我和姊姊去買東西了。

3 母から買い物を頼まれた。

家母交代我去買東西。

4 ひろしちゃん、八百屋でキャベツを買ってきて。

小宏，幫我去蔬果店買高麗菜。

5 その前に肉屋でとり肉もお願いね。

也麻煩你順道先去肉鋪買雞肉喔。

6 行く途中、ケーキ屋でアイスクリーム買っていい？

我可以在去的路上，先到蛋糕店買冰淇淋嗎？

7 会社の帰りに買い物をして行こう。

我們下班後一起去買東西吧。

8 買い物して帰るから少し遅くなります。

我會先繞去買東西再回去，所以會晚點到家。

9 買い物をしすぎてお金がなくなってしまいました。

買太多東西，結果把錢都花光了。

Scene 2 MP3-173

商店街

八百屋さんへ行って野菜を買ってきて。

常用No.1 八百屋のおじさんが安くしてくれた。

蔬果店的老闆算我便宜。

2 八百屋さんへ行って野菜を買ってきて。

你去蔬果店買些蔬菜回來。

3 夕方の八百屋は買い物をする人でいっぱいだった。

黃昏時分的蔬果店，被買菜的顧客擠得水洩不通。

4 駅の前にお土産を売る店が並んでいた。

販賣當地名產的店家，櫛比鱗次地開在車站前。

5 酒屋は魚屋の隣にある。

酒店就在魚鋪的隔壁。

6 あそこの雑貨屋は高いし品物も古い。

那家雜貨店賣的東西，價格貴又不新鮮。

7 肉屋さんへ電話して鶏肉を頼みましょう。

打個電話去肉鋪，請老闆送些雞肉來吧。

8 八百屋さんや魚屋さんは夕方になるとにぎやかだ。

到了傍晚時分，蔬果店和魚鋪就會有很多顧客上門。

9 あそこの花屋さんの花はいつも新しくてとてもいいわ。

那邊那家花店賣的花，總是很鮮嫩嬌豔，讓人賞心悅目。

Scene 3 MP3-174

便利商店、超市、百貨公司

常用No.1 こちら温めますか？

您這個要加熱嗎？

2 温めなくていいです。

不用加熱。

3 お願いします。

麻煩加熱。

4 袋にお入れしますか。

要不要幫您把東西裝袋呢？

5 お箸はおつけいたしますか？

您需要附筷子嗎？

6 わかりました。少々お待ちくださいませ。

好的，您請等一下

7 では、カードをおつくりしましょうか。

那麼，要不要幫您製作一張會員卡／集點卡呢？

8 しょうゆは一番の売り場で売っています。

醬油擺在一號售物架上販售。

9 デパートで買い物をしよう。

我們去百貨公司買東西吧。

店家情報

デパートは10時にあきます。

百貨公司於十點開門營業。

2 大きな駅の前にはたいていデパートがある。

在大型車站前的路段，多半都有百貨公司進駐營業。

3 このデパートは激安セールをやっています。

這家百貨公司在做特賣。

4 店を朝9時にあけて夜8時に閉めます。

店鋪於早上九點開門，晚上八點打烊。

5 うちの店ではほかの店より5％安い。

本店比其他店家便宜５％。

6 あの店はいい品物をたくさん置いているから客が多い。

那家店因為販賣許多優良的商品，所以客人絡繹不絕。

7 その村には食べ物を売る店が1軒あるだけだった。

那個村落裡只開了一家販賣食物的店鋪。

8 新しいスーパーがあしたオープンします。

新的超市將於明天開幕。

價格

常用No.1 この店の服は高い。

這家店的服飾很貴。

2 この灰皿は一個500円です。

這個菸灰缸每個五百圓。

3 1000円でこのサンドイッチがいくつ買えますか。

請問一千圓可以買幾個這種三明治呢？

4 こめの値段を1キロ600円から700円に上げたら売れなくなった。

如果把米的價格從六百日圓漲價到七百日圓，就買不出去了。

5 この牛肉は1キロいくらですか。

請問這種牛肉每公斤多少錢？

6 家を買うのは大きな買い物だ。

買房子是一筆鉅額支出。

7 このお酒、1万円もしました。

這種酒，每瓶要一萬日圓。

8 高くてもいいからきれいなホテルに泊まりたい。

即使是貴一點也沒關係，我想要住豪華的飯店。

9 彼にネクタイを買ってあげたいけれども高くて無理です。

我想要買條領帶送給男朋友，可是太貴了買不起。

Scene 6 MP3-177

購物高手

常用 No.1

高いですねえ。もっと安いのはありませんか。

好貴喔！有沒有便宜一點的？

2

高いですね。とても買えません。

好貴喔，實在買不下手。

3

もしその店が高ければ、ほかの店で買います。

如果那家店太貴的話，那就到別家去買。

4

こちらのオーバーは10万円です。

這邊的大衣是十萬日圓。

5

高くなければ買えますが、2万円では無理です。

假如不貴的話我就會買，可是價格要兩萬日圓，實在買不起。

6

このテーブル、3万円だったんですよ。

這張桌子的訂價是三萬日圓喔！

7

そうですか。いい買い物でしたね。

真的喔，你買得真便宜。

8

先週は野菜が高かったが、今週はずいぶん安くなりました。

上週的蔬菜價格很昂貴，本週已經跌得相當便宜了。

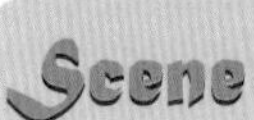

Scene 7 MP3-178

打扮

常用 No.1

彼女はいつもおしゃれです。

她總是穿得漂漂亮亮的。

2

彼は服のセンスがいいね。

他對服裝的品味真不錯哪。

3

私はカジュアルな洋服が好きです。

我喜歡穿休閒樣式的服裝。

4

私は明るい色の服が似合いません。

我不適合穿亮色系的衣服。

5

彼女はいつもボーイッシュな服装をしています。

她總是穿著像男孩般的帥氣衣服。

6

若づくりしないで、年相応の格好をした方がいいですよ。

不要強做年輕打扮，以適合年齡的裝扮比較好喔。

7

彼の私服はとてもダサい。

他自己的衣服非常土氣。

8

こういう模様の服はおばさんっぽく見えます。

這種圖案的衣服看起來很像歐巴桑。

9

スーツを着ると格好よく見えます。

穿西裝看起來就很帥氣。

Scene 2 MP3-179

衣服

常用No.1 たくさん服を持っていますね。

您的衣服真多哪。

2 この服は私には大きすぎます。

這件衣服的尺寸對我來說太大了。

3 服が小さくなってしまいました。

已經穿不下這件衣服了。

4 赤い服はあなたに似合わない。

妳不適合穿紅色的衣服。

5 雨で服が濡れました。

雨水把衣服打濕了。

6 新しい服を着たので気持ちがいいです。

穿著新衣服，感覺很開心。

7 会社から帰ると服を脱いで風呂に入ります。

從公司下班後一回到家，就脫衣服洗澡。

8 パーティーにどの洋服を着ていこうか。

該穿什麼衣服去參加派對才好呢？

9 洋服を脱いでパジャマに着替えた。

把套裝脫掉，換上了睡衣。

Scene 3 MP3-180

襯衫

常用No.1 黄色いシャツを探しています。

我正在找黃色的襯衫。

2 シャツにアイロンをかけます。

熨燙襯衫。

3 会社へ行くときは白いワイシャツを着てネクタイをします。

去公司時通常會穿白襯衫、打領帶。

4 毎日シャツを取り替えます。

每天都會換穿乾淨的襯衫。

5 ズボンからシャツが出ていますよ。

你的襯衫下擺沒有塞進褲頭裡喔。

6 ワイシャツのボタンが取れた。

襯衫的扣子掉了。

7 時々ワイシャツをクリーニング店に出します。

時常將襯衫送洗。

8 このシャツにはどんなネクタイが合いますか。

請問這件襯衫該配什麼樣的領帶呢？

9 青やピンクのワイシャツが売れています。

藍色和粉紅色的襯衫銷路很好。

Scene 4 MP3-181

大衣、外套、毛衣、西裝外套

常用No.1 暖かそうなコートですね。

這件外套看起來好暖和喔。

2 寒いから上着を着ていきなさい。

天氣很冷，穿上外套再出門吧。

3 寒かったのでシャツの上にセーターを着た。

由於氣溫很冷，所以在襯衫上面又套了件毛衣。

4 春だ。もう上着はいらない。

春天來囉！再也不用穿外套了。

5 11月になって上着を着る人が増えました。

時序進入十一月，路上穿外套的人變多了。

6 セーターはお湯につけて手で洗います。

把毛衣浸在熱水裡用手搓洗。

7 寒くなったのでセーターを着ました。

由於天氣變冷，所以穿上了毛衣。

8 背広を着て会社へ行きます。

穿上西裝去公司上班。

Scene 5 MP3-182

褲子、裙子

常用No.1 新しいズボンを穿いた。

穿了新的長褲。

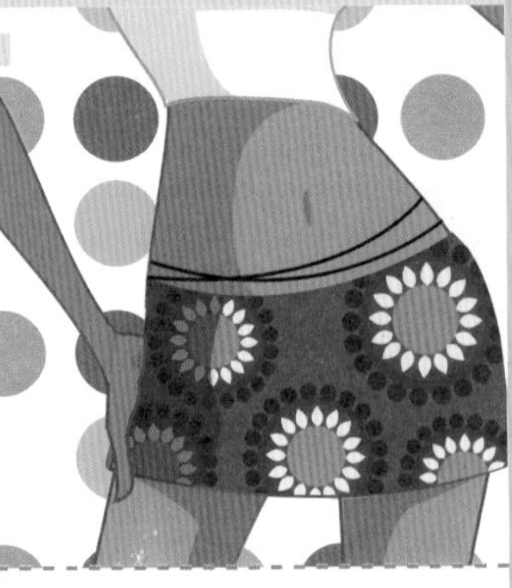

2 若い女性は短いスカートを穿くことが多い。

年輕女孩常會穿短裙。

3 冬はスカートでは寒いでしょう。

在冬天穿裙子會冷吧。

4 今日は暑いから半ズボンを穿こう。

今天好熱，穿短褲吧。

5 去年買ったスカートが穿けなくなった。

去年買的裙子已經塞不進去了。

6 白いブラウスにピンクのスカートがきれいだ。

白色的女用襯衫搭配粉紅色的裙子，穿起來真漂亮哪。

7 スカートを脱いでズボンを穿きました。

脫下裙子，穿上了褲子。

8 上着とズボンを脱いでパジャマに着替えます。

脫去西裝上衣和長褲，換上睡衣。

9 妻がズボンにアイロンをかけてくれます。

妻子為我熨燙長褲。

Scene 6 修改衣服

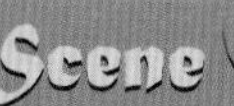

MP3-183

ここ、縫ってておいてくれない？

這個地方，可以幫我縫補一下嗎？

ズボンの裾上げをお願いします。

麻煩把褲腳改短一點。

何センチぐらい裾上げしますか。

請問要改短幾公分呢？

ズボンの裾が解けちゃった。

褲腳的縫線綻開了。

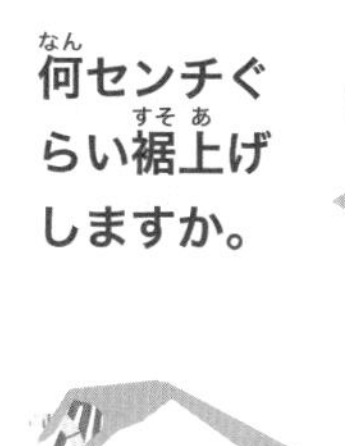

ポケットにアイロンでワッペンを貼りました。

以熨斗把圖騰燙印在口袋上。

6 ボタンをなくしたので、付け直してください。

我的鈕釦掉了，請幫我縫補上去。

丈が短くなったので、伸ばしてください。

長度變短了，請放長一點。

裁縫はあまり得意じゃありません。

我不太擅長縫紉。

ジーンズの裾上げもミシンを使えばすぐできます。

如果是用縫紉機車縫的話，就連改短牛仔褲的褲腳，也一下子就能完成了。

Scene 7 鞋子、襪子

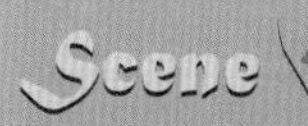

MP3-184

足が汚れますから、どうぞスリッパを履いてください。

常用 No.1 この靴下は小さくて穿けない。

這雙襪子太小了，沒辦法穿。

足が汚れますから、どうぞスリッパを履いてください。

您請穿上拖鞋，不然會弄髒您的腳。

畳の部屋に入るときはスリッパを脱ぎます。

在進入舖設榻榻米的房間前，必須先脫掉拖鞋。

靴が新しくて足に合わない。

鞋子太新了，穿起來會打腳。

足にあった靴を履きましょう。

穿雙合腳的鞋吧。

6 雨の日は長靴を履きます。

下雨天會穿長靴。

7 寒いときは厚い靴下がほしい。

寒冷的時候就會想穿厚厚的襪子。

8 玄関のスリッパを片付けた。

把散在玄關處的拖鞋排整齊了。

9 あちらのサンダルを見せてください。

請讓我看一下那邊那雙涼鞋。

Scene 8　領帶、手帕

MP3-185

常用No.1 今日はどのネクタイにしようか。

讓我想想，今天要打哪條領帶呢？

2 このネクタイ、僕にどうかな。

我適合打這條領帶嗎？

3 ハンカチで汗を拭いた。

用手帕擦了汗。

4 暗い色の上着には少し明るいネクタイが合います。

深色的西裝外套適合搭配較為亮色系的領帶。

5 白いワイシャツにネクタイをして会社へ出かけます。

我穿白襯衫、打領帶，去公司上班。

6 毎日ネクタイを取り替えます。

每天都會換不同的領帶。

7 暑いですから、どうぞネクタイを取ってください。

天氣很熱，請儘管解開領帶，不用客氣。

8 最近は太いネクタイがよく売れている。

最近寬版的領帶非常暢銷。

9 汚れたハンカチを洗った。

洗了弄髒的手帕。

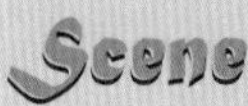

Scene 9　帽子、眼鏡、鈕釦

MP3-186

常用No.1 この帽子、私に似合いますか。

我適合戴這頂帽子嗎？

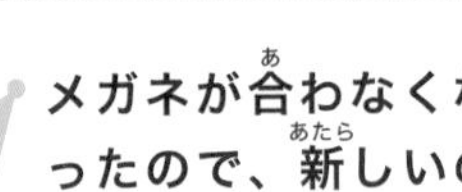

2 メガネが合わなくなったので、新しいのを作った。

由於眼睛的度數已經變了，所以配了一副新眼鏡。

3 ボタンをつけてくれませんか。

你可以幫我縫上鈕釦嗎？

4 赤ちゃんの帽子が脱げそうですよ。

小寶寶的帽子好像快掉下去囉。

5 日が強いから帽子をかぶって行きなさい。

太陽很大，請戴上帽子後再出門。

6 ここのメガネはどれも私の目に合わない。

這裡的眼鏡全都不是我的度數。

7 いいサングラスがあったので眼鏡屋の前で足を止めた。

我在眼鏡行的櫥窗裡看到一副很棒的太陽眼鏡，忍不住在店門口駐足端詳。

8 オーバーのボタンをとめなさい。

把大衣的釦子扣起來。

9 背広のボタンが落ちていました。

西裝的鈕釦掉了。

Scene 10 流行配件

MP3-187

常用 No.1 ピアスホールを開けていますか。

你有打耳洞嗎？

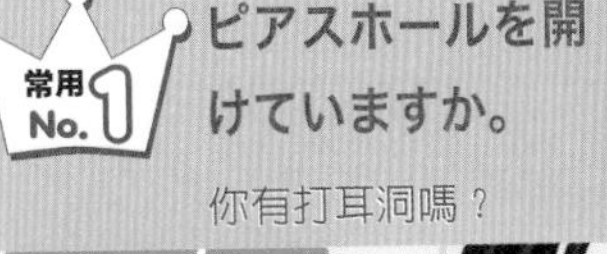

2 そのペンダント可愛いね。

這個鍊墜好可愛喔。

3 その腕時計はどこのブランドですか。

這只手錶是什麼牌子的呢？

4 これはピアスじゃなくてイヤリングです。

這不是針式耳環而是夾式耳環。

5 このネックレス、派手すぎるかな？

這條項鍊的樣式會不會太豪華了呢？

6 彼女はブレスレットをつけるのが好きです。

她喜歡戴手鐲。

7 私は花のコサージュをコレクションしています。

我戴胸花做裝飾。

8 カチューシャをつけているのが私の娘です。

頭上戴著髮箍的是我的女兒。

9 彼に婚約指輪をもらいました。

他送我訂婚戒指。

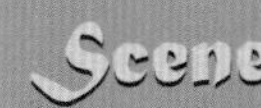

Scene 11 時尚流行

MP3-188

常用 No.1 彼女は流行に敏感です。

她對流行很敏銳。

2 今年の冬は何色が流行りますか。

請問今年冬天流行什麼顏色呢？

3 流行に左右されない洋服が好きです。

我喜歡永不退流行款式的服裝。

4 このタイプのジャケットはもう流行らない。

這種款式的外套已經不流行了。

5 彼はいつも時代遅れな服を着ています。

他總是穿著過時的衣服。

6 私は流行りの服は買いません。

我不買流行款式的衣服。

7 あの雑誌は春を先取りしたファッションを紹介しています。

那本雜誌介紹了早春的時尚流行。

8 去年流行った服は、今年はもう着れないね。

去年流行過的款式，今年再也不能穿了耶。

9 今から春物のカーディガンを買いに行きます。

我現在要去買春天穿的開襟羊毛衫。

MP3-189

美容院

常用No.1 この写真みたいにしてください。

請幫我把頭髮弄成像這張照片的髮型一樣。

2 イメージを変えたいからです。

因為我想要換個造型。

3 今年はやっているからです。

因為今年正在流行。

4 あ、すてきですね。

啊，好帥喔。

5 この俳優がお好きなんですか。

您很喜歡這位男演員嗎？

6 写真の俳優が好きだからです。

因為我很喜歡照片上的這位男演員。

7 夏になるからです。

因為夏天快到了。

8 そうじゃないんですけど、イメージを変えようと思って。

也不是特別喜歡，只是覺得想換個造型罷了。

9 そうですか、もうすぐ夏ですし、このスタイル、今年人気があるんですよ。

原來如此。夏天快到了，今年很多人喜歡梳剪這種髮型喔。

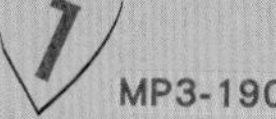

MP3-190

不好的生活作息

常用No.1 今日顔色が悪いですね。

您今天的氣色看起來不大好耶。

2 タバコをたくさん吸うと体に悪いですよ。

抽太多菸的話，有礙身體健康喔。

3 いくら酒がすきでも毎日飲んだら体に悪い。

不管再怎麼喜歡喝酒，天天都喝的話，會對身體健康有害。

4 ああ忙しいと病気にならないか、心配ね。

那麼忙碌，會不會生病呢？真讓人擔心哪。

5 昼も夜も酒を飲む生活だった。

我以前過的是從早到晚酒不離手的生活。

6 1日に20本タバコを吸います。

每天會抽二十支菸。

7 一日30本もタバコを吸うな。体に悪いよ。

不要一天抽三十支菸啦，這樣對身體不好耶。

8 年をとって体が弱っていくのは仕方がない。

隨著年齡的增長，身體逐漸變得衰弱，這也是無可奈何的事。

9 怪我の程度はどうでしたか。

你的傷勢還好吧？

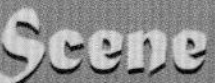

MP3-191

健康的生活作息

常用 No.1 青い野菜をたくさん食べましょう。

我們多吃一點蔬菜吧。

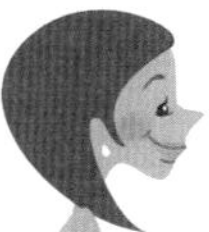

2 エレベーターなどには乗らないで階段を歩きます。

不要搭電梯，我們走樓梯吧。

3 毎朝30分、家の周りを散歩します。

每天會在家附近散步三十分鐘。

4 タバコかお酒かどちらかをやめたほうがいいですよ。

看你是要戒菸，還是要戒酒，最好挑一樣戒掉比較好吧。

5 大切なものは第一に元気な体だ。

最重要的就是健康的身體。

6 朝の散歩は気持ちがいい。

在早晨散步很舒服。

7 丈夫な体と優しい心の子供に育ってほしい。

我希望自己帶大的孩子，有著健康的身體和善良的心地。

8 体が丈夫ならほかのものはいらない。

只要身體能夠健康，其他什麼都可以不要。

9 にぎやかな町より静かな田舎に住みたい。

比起熱鬧的城鎮，我比較想住在僻靜的鄉村。

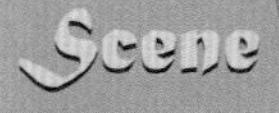

MP3-192

生病

常用 No.1 病気で1週間寝ていました。

因為生病而躺了一個禮拜。

2 のどが痛かったので風邪の薬を飲みました。

由於喉嚨很痛，所以吃了感冒藥。

3 早く病気が治るといいですね。

真希望您能早日康復哪。

4 治ったと思って薬を飲まなかったらまた病気が悪くなった。

我原本以為已經痊癒，所以沒再繼續吃藥，沒想到病情卻惡化了。

5 兄は重い病気にかかっています。

家兄罹患重病。

6 病気で死んだ。

他已經因病亡故了。

7 おばさんは3ヶ月も入院している。かなり悪いらしい。

姑姑已經住院三個月了，病情似乎不輕。

8 家の中にばかりいたら体に悪い。

一天到晚都待在家裡的話，對身體不大好喔。

9 毎週医者へ行って鼻の具合を見てもらっています。

我每星期都會去醫師那裡，請他診療鼻子的病況。

Scene 4

MP3-193

疲勞

コンピューターの画面を見すぎて目が痛い。

盯著電腦螢幕看了太久，眼睛好痛。

2 土曜日も日曜日も休みが取れなくて疲れたな。

不管是週六或是週日都不能休息，真是累死人了。

3 仕事で疲れたときは、お風呂に入って早く寝るのが一番いい。

當工作得很疲倦時，洗個澡後盡早睡覺，是最能消除疲勞的方式。

4 ずっと立っていて足が疲れた。

站了很久，腳都酸了。

5 長い時間バスに乗っていたので気持ちが悪くなった。

由於搭乘巴士的時間很久，身體變得很不舒服。

6 昨日は3時間も泳いだけど、あまり疲れなかった。

雖然昨天整整游了三個小時，但是並不覺得疲憊。

7 子供が疲れて泣いている。

小孩子已經累了，於是哭了起來。

8 彼女との生活に疲れた。

和她在一起生活，已經讓我累了。

9 年を取って疲れやすくなった。

上了年紀後，就變得很容易疲倦。

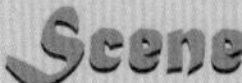

Scene 5

MP3-194

頭痛發燒

あら、顔が赤いわよ。

哎呀，你的臉好紅喔。

2 熱があるんじゃない？

是不是發燒了呢？

3 熱があるなら医者に見てもらった方がいいですよ。

如果發燒的話，要去看醫生比較好喔。

4 どうしたの？顔色が悪いよ。

怎麼啦？臉色不大好耶？

5 頭が痛いが熱はない。

雖然頭痛但沒有發燒。

6 頭が痛い。薬を飲んで早く寝よう。

頭好痛。我看還是吃藥後早點睡吧。

7 かぜで体が熱かった。

因為感冒而全身發燙。

8 風邪なら休んだほうがいいですよ。

如果感冒的話，要休息比較好喔。

9 薬を飲んだら痛みがだんだん消えていきました。

吃下藥之後，疼痛就漸漸消失了。

Scene 6 肚子出毛病

MP3-195

青白い顔をして、どうしたの？おなかが痛いの？

你的臉色慘白，怎麼了嗎？是不是肚子痛呢？

2

そんなにたくさんアイスクリームを食べるとお腹を壊すよ。

吃那麼多冰淇淋的話，會吃壞肚子的唷。

この薬を飲んだら痛みが軽くなってきた。

吃下這種藥以後，疼痛就減輕了。

お腹が空いて、もう歩けない。

已經餓得走不動了。

お腹がそんなに痛ければ医者に見てもらいなさい。

假如肚子真的那麼痛的話，快去給醫生看一看。

ご飯を３杯いただきました。もうお腹がいっぱいです。

我吃了三碗飯，肚子再也裝不進任何東西了。

お腹の具合はどうですか。

肚子的狀況怎麼樣呢？

夕べから痛いんです。

從昨晚開始就一直痛。

30歳を過ぎてからお腹が出てきた。

自從過了三十歲以後，小腹就凸出來了。

Scene 7 筋骨痛

MP3-196

常用 No.1

どこが痛いんですか。

請問您哪裡會痛呢？

足が痛くてもう動けない。

腳痛得已經無法動彈。

このぐらいの怪我はなんでもないです。

這點小傷根本算不了什麼。

疲れた。足が棒になったようだ。

累死了。腳變得又腫又麻的。

足が痛いので医者を呼んでください。

由於我的腳很痛，麻煩幫我請醫師過來。

薬を飲んだら痛みがだんだん消えていきました。

吃了藥以後，疼痛逐漸消失了。

7

足の裏を踏んでもらうと気持ちがいい。

請人家踩踏自己的腳底，感覺很舒服。

8

怪我がだんだん治ってきた。

傷口漸漸癒合了。

歩けますか。

你還能走嗎？

Scene 8 MP3-197

牙齒

常用No.1 白い歯がきれいです。

雪白的牙齒真漂亮。

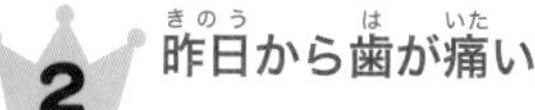

2 昨日から歯が痛い。

我的牙齒從昨天開始就一直痛。

3 あさって、歯医者に行かなくてはならない。

我後天非得去牙醫師那裡一趟不可。

4 歯が悪くて硬いものが食べられない。

我的牙齒不好，沒有辦法吃硬的東西。

5 歯を治してもらいました。

我已經請醫師把我的牙疾治好了。

6 歯が痛いときはこの薬を飲みなさい。

當牙齒作痛的時候，請服用這種藥。

7 甘いものは歯に悪い。

甜食對牙齒不好。

8 牛乳を飲まないと歯が強くなりませんよ。

如果不喝牛奶的話，牙齒就不會健康喔。

9 ご飯を食べたあとで必ず歯を磨きましょう。

飯後一定要記得刷牙喔。

Scene 9 MP3-198

危急應變

常用No.1 危ない！

危險！

2 助けて！

救命啊！

3 大丈夫ですか。

您沒事吧？

4 気をつけて！

小心！

5 泥棒！

有小偷！

6 財布を落としてしまったんです。

我的錢包掉了。

7 かばんを盗まれたんです。

我的包包被偷了。

8 この辺に交番はありませんか。

請問這附近有沒有派出所呢？

9 救急車を呼んでください。

請幫忙叫救護車！

Scene 10 MP3-199

給醫師看病

頭／のど／胃／おなかが痛いんです。

我的頭／喉嚨／胃／肚子在痛。

2 **アレルギーはありますか。**

請問您有沒有對哪種藥物會過敏呢？

お薬は食後に飲んでください。

請在飯後服藥。

食欲はありますか。

您有食慾嗎？

体が少しだるいです。

我覺得身體有點倦怠。

6 **少し熱があるみたいで、寒気がします。**

我好像有點發燒，但是身體會發冷。

7 **体を暖かくしてよく休んでください。**

請注意保暖，充分休息。

こちらのお薬は朝と夜の一日2回、こちらは朝・昼・晩の一日3回です。

這一種藥請在早晚服用，一天兩次；這一種藥則是早、中、晚服用，一天三次。

こちらのお薬は飲むと眠くなりますので、飲んだら車の運転はなさらないでください。

吃下這種藥後會想睡覺，所以服藥後請不要開車。

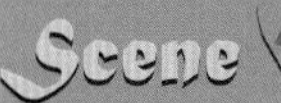

Scene 11 MP3-200

藥物

すみません。鼻水によく効く薬って、どれですか。

不好意思，請問哪種藥可以止住鼻水呢？

お腹が痛いときはこの薬がいいですよ。

這種藥對消除腹部疼痛很有效喔。

薬は子供の手の届かないところにおいてください。

請將藥品妥善保存在小孩子拿不到的地方。

どういう薬がいいですか。

請問哪種藥比較有效呢？

こちらの薬はお風呂の後で塗ってください。

這個藥請於洗澡後塗抹。

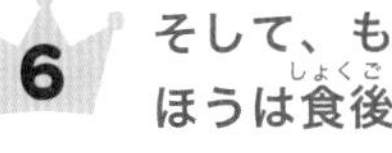

そして、もうひとつのほうは食後に飲んでください。

此外，另一種藥則於飯後服用。

この薬を飲めば痛みが軽くなっていきますよ。

只要吃了這種藥，就會減輕疼痛喔。

怪我をしたところに薬を塗ってもらった。

她在我受傷的部位敷上了藥。

病気のときはゆっくり寝るのが一番の薬だ。

生病的時候，好好地睡上一覺，是最有效的治病良方。

Scene 12

MP3-201

醫院與醫生

常用No.1

医者になって病気の人を助けたい。

我想要當醫師，以便造福病患。

2

9時にならないと病院はあかない。

醫院直到九點才會開門。

3

姉は看護士です。病院で働いています。

家姊是護士，她在醫院工作。

4

町に新しい病院ができた。

村子裡開了一家新醫院。

5

医者の友達がいると安心です。

有當醫師的朋友，就會感覺很安心。

6

体が弱いので病院の近くに住みたいです。

由於我體弱多病，所以想要住在醫院附近。

7

毎週病院に行かなくてはなりません。

每星期都非得上醫院不可。

8

父は病院が嫌いで困ります。

我爸爸討厭上醫院，實在傷腦筋。

9

お見舞いには果物などがいいと思います。

我覺得去探病時，帶水果比較好。

Scene 1

MP3-202

時間

常用No.1

今何時ですか。

現在是幾點呢？

2

時間がありません。

已經沒時間了。

3

銀行は午前9時から午後3時までです。

銀行的營業時間是從早上九點到下午三點。

4

今日は時間がありませんので、明日うかがいます。

由於今天抽不出時間，明天我再前去拜會。

5

時計の短い針は「時」を表し、長い針は「分」を表します。

時鐘的短針代表「時」，長針代表「分」。

6

今日、午後10時の飛行機でアメリカへ行きます。

我會搭乘今天晚上十點的飛機前往美國。

7

明日の午後6時半に、いつもの喫茶店で会いましょう。

我們明天下午六點半，在常去的那家咖啡廳碰面吧。

8

9時から会議だよ。

九點要開會唷。

9

午後11時に最後のテレビニュースがあります。

晚上十一點會播報最後一節新聞。

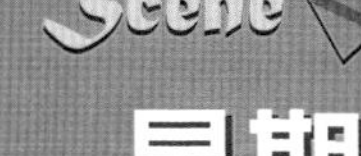

Scene 2 星期

MP3-203

常用No.1 来週の火曜日、午後３時に会う約束です。

我和別人約好了下週二下午三點要見面。

2 毎週、火曜日は日本語のクラスがあります。

我每週二要去上日語課。

3 昨日は木曜日だったから今日は金曜日だ。

既然昨天是週四，那麼今天就是週五囉。

4 日曜日は教会に行きます。

我星期天會上教會。

5 今日は金曜日だからあさっては日曜日だ。

今天是星期六，所以前天是星期四。

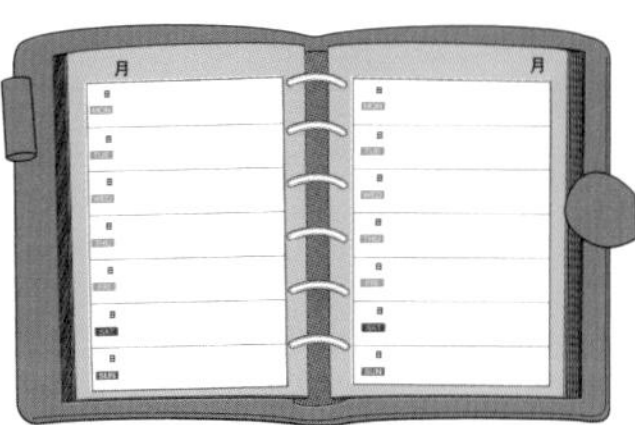

6 八日は月曜日だから、九日は火曜日だ。

八號是星期一，所以九號就是星期二。

7 今月は６日、１３日、２０日、２７日が火曜日です。

這個月的六號、十三號、二十號、還有二十七號是星期二。

8 来週、お会いしたいのですが。

我希望下週可以和您見個面。

9 そうですね。火曜日はどうですか。

這樣嗎，那麼您星期二方便嗎？

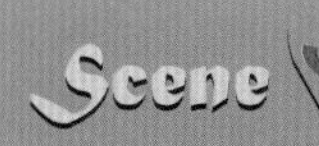

Scene 3 年月日

MP3-204

常用No.1 日本の学校は４月に始まって３月に終わります。

日本的學校是在四月開學，三月學期結束。

2 夏休みは7月21日から8月31日までです。

暑假是從七月二十一號放到八月三十一號。

3 昨日は一日ずっと絵をかいていました。

我昨日整整一天都在畫圖。

4 東京では４月の初めに桜が咲きます。

在東京，四月初櫻花就會開。

5 ５月になれば北海道も春です。

到了五月，北海道也將進入春天。

6 ６月になりました。もうすぐ梅雨です。

現在已經是六月了，再不久就是梅雨季節。

7 9月、10月、11月が日本の秋です。

九月、十月、十一月是日本的秋季。

8 一年は早いですねえ。明日から12月です。

一年過得好快呀，從明天起就進入十二月了。

9 さあ、今日から新しい月です。

從今天起就邁入新的月份了，咱們加油吧！

MP3-205

新年

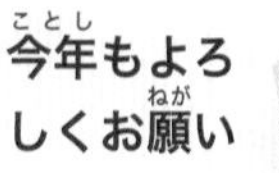

今年もよろしくお願いします。

常用No.1 新年明けましておめでとうございます。

元旦開春，恭賀新喜。

2 昨年はいろいろお世話になりました。

去年承蒙您多方照顧。

3 今年もよろしくお願いします

今年還請不吝繼續指教。

4 12月は正月の準備で忙しい。

為了準備過元月新年，十二月份時忙得團團轉。

5 毎年家族そろって除夜のかねを撞きに行きます。

毎年除夕夜，全家人都會一起去寺院撞鐘祈福。

6 年越しそばをいただきましたか。

您已經吃過跨年蕎麥麵了嗎？

7 これは母が作ったおせち料理です。

這是家母親手烹飪的年節料理。

8 元日は伊勢神宮へ初詣に行くつもりです。

我打算在元旦那天去伊勢神宮開春祈福。

9 おじいちゃんにお年玉をもらったよ。

爺爺給了我壓歲錢。

MP3-206

生日

常用No.1 お誕生日おめでとう。

恭喜生日！

5 誕生日パーティーをする予定です。

我準備舉辦生日派對。

2 誕生日のプレゼントは何がいいですか。

你希望我送你什麼生日禮物呢？

3 今日でいくつになったの？

從今天起，變成幾歲了呢？

4 誕生日プレゼントにバッグをもらいました。

別人送了我一只皮包作為生日禮物。

6 父の還暦のお祝いに、赤いちゃんちゃんこを贈りました。

為了慶祝父親六十大壽，我們依照習俗送了父親紅色的鋪棉開襟背心。

7 今年、祖父は米寿を迎えました。

今年是祖父的八十八歲大壽。

8 2月2日は私の誕生日です。

二月二日是我的生日。

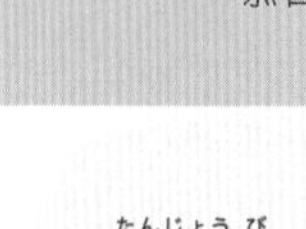

お誕生日おめでとう。

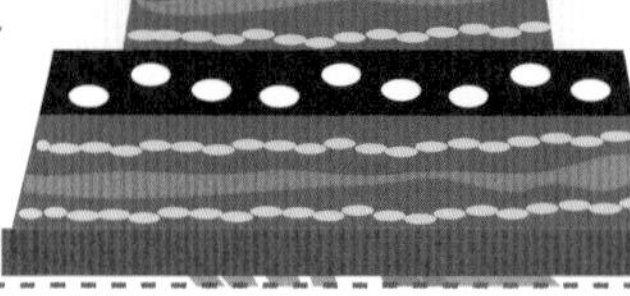

9 彼から誕生日のお祝いのカードが届きました。

他寄來了生日賀卡。

Scene 6 紀念日

MP3-207

常用No.1 明日で結婚10周年を迎えます。

明天是我結婚十周年的紀念日。

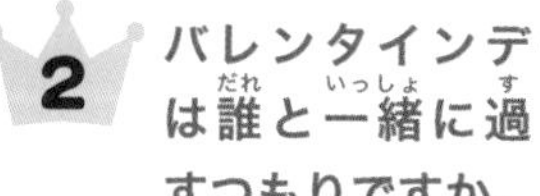

2 バレンタインデーは誰と一緒に過ごすつもりですか。

您打算和誰一起共度情人節呢？

3 七月七日は七夕祭りです。

七月七日將舉行七夕祭典。

4 今年、銀婚式をします。

今年要舉行銀婚慶祝。

5 成人式には着物を着ていくつもりです。

我打算穿和服去參加二十歲的成年典禮。

6 こどもの日には鯉のぼりをあげます。

在日本的兒童節那天會懸掛鯉魚旗。

7 節分の日に豆まきをしましたか。

您在節分日立春的前一天（每年二月三日前後）依習俗灑豆子了嗎？

8 敬老の日には必ず祖父母を招いて食事をします。

我在敬老節（九月的第三個星期一）那天，必定會請祖父母吃飯。

9 8月15日は終戦記念日です。

八月十五日是日本終戰紀念日。

Scene 7 宴會

MP3-208

常用No.1 来週、会社の忘年会があります。

下週會舉行公司的忘年會。

2 新入生の歓迎コンパに参加します。

我會去參加迎新聯誼。

3 二次会にも行く？

你也會去續攤嗎？

4 新年会は大学の近くの居酒屋でします。

春酒派對就在大學附近的居酒屋舉行。

5 みんなで乾杯しましょう。

大家一起乾杯吧。

6 飲み会はみんなで割り勘にします。

大家共同分攤聚餐的費用。

7 かくし芸大会に出ますか。

你會去參加特技表演大賽嗎？

8 好きなおつまみを頼んでいいですよ。

儘管點想吃的下酒菜吧。

9 ゼミの卒業生の送別会をします。

會舉行研討班畢業生的歡送會。

MP3-209

聖誕節

クリスマスイブは彼と一緒に過ごします。

耶誕夜會和男友一起共度。

2 **もうクリスマスプレゼントを買いましたか。**

你已經買好聖誕禮物了嗎？

3 **友達とクリスマスパーティーに行きます。**

我要和朋友一起去參加耶誕派對。

4 **クリスマスがすぎると、すぐ新しい年だ。**

過了耶誕節後，緊接著就是新年了。

5 **クリスマスツリーを飾りました。**

已經佈置好聖誕樹。

6 **サンタさんに熊のぬいぐるみをお願いしました。**

我拜託聖誕老公公送我一隻小熊布偶。

7 **クリスマスカードを送ったよ。**

我已經寄出聖誕卡囉。

8 **クリスマスディナーは家族でいただきました。**

我和家人一同享用了耶誕大餐。

9 **クリスマスが近づくと、街のイルミネーションがとてもきれいです。**

隨著耶誕節的腳步接近，街上的照明佈置十分燦爛奪目。

MP3-210

歲末

2 **大みそかは家族で過ごします。**

除夕夜是和家人共度的。

3 **毎年、紅白歌合戦を見るのが楽しみです。**

每年都很期待觀賞紅白歌唱大賽。

4 **年の瀬が迫ってきました。**

歲暮將近。

5 **お世話になっている方々にお歳暮を贈りました。**

致贈歲末禮品給曾照顧過我的人們。

6 **商店街はお正月用品の買い出しでにぎわっている。**

商店街上擠滿了出來採購新年用品的人們，顯得熱鬧非凡。

7 **もうしめ縄を飾りました。**

已經掛好了祈福繩結。

8 **デパートの入り口に門松が飾ってあります。**

百貨公司的入口處擺設著門松作為裝飾。

良いお年をお迎えください。

願您有個好年。

9 **商店街で歳末セールが始まったよ。**

商店街已經開始進入歲末大拍賣囉。

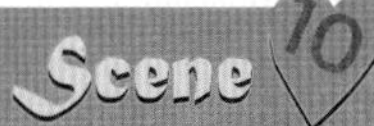

Scene 10 MP3-211 春天例年行事

常用No.1 ご卒業おめでとうございます。

恭喜畢業！

2 ご入学おめでとうございます。

恭喜入學！

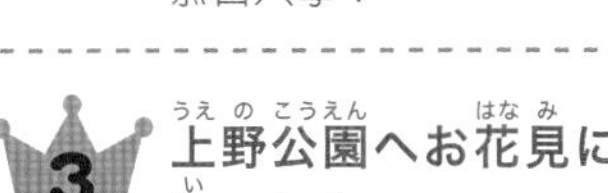

3 上野公園へお花見に行こうよ。

我們去上野公園賞花，好嗎？

4 雛まつりはどんなふうにお祝いするんですか。

請問會以什麼方式慶祝女兒節三月三日呢？

5 小学校の入学式はいつですか。

請問小學的開學典禮是什麼時候呢？

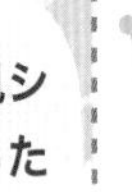

6 今、お花見シーズン真っただ中です。

現在正值賞花的季節。

7 今年の新入社員は200名ぐらいです。

今年大約有兩百名新進職員。

8 この季節は花粉症がつらいです。

在這個季節裡，最傷腦筋的事就是花粉症發作。

9 明日、人事異動が発表されます。

明天公司會公布人事異動。

Scene 11 MP3-212 夏天例年行事

常用No.1 夏といえば、バーベキューでしょう。

提到夏天，就會聯想到烤肉吧。

2 来週、花火大会に行こうよ。

我們下星期一起去看煙火大會嘛。

3 お盆休みは何日間ありますか。

請問盂蘭盆節的連假共有幾天呢？

4 海水浴場が一斉に海開きしました。

所有的海水浴場一起開始營業了。

5 すごく日焼けしちゃった。

皮膚曬得非常黑。

6 お母さん、かき氷が食べたい。

媽媽，我想要吃刨冰。

7 昨夜は熱帯夜で、寝苦しかったね。

昨天晚上悶熱異常，令人輾轉難眠哪。

8 今日は汗だくです。

今天的氣溫讓人猛冒汗。

9 近くの公園で盆踊りをしていた。楽しかったです。

在家付近的公園跳盂蘭盆舞，真有趣。

Scene 12 MP3-213

秋天例年行事

常用 No.1 どこかいい紅葉のスポットを知りませんか。

你知不知道哪裡是賞楓的絕佳景點呢？

2 都内の公園でも紅葉狩りができますよ。

即使是在東京都內的公園也能夠賞楓喔。

3 来週あたりぶどう狩りに行かない？

下星期左右要不要一起去採葡萄呢？

4 明日から二学期が始まります。

從明天起開始第二學期。

5 文化祭の出し物について話し合っています。

我們正在討論在學校舉辦學藝成果發表會時要提供什麼表演。

6 秋雨前線が発生すると、雨の日が多くなります。

只要秋雨鋒面逼近，下雨的日子就會多了起來。

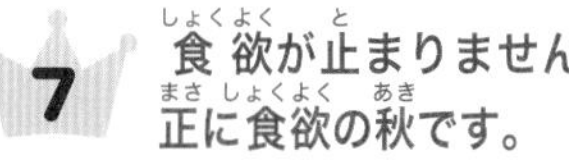

7 食欲が止まりません。正に食欲の秋です。

近來胃口大開，秋天果然是食慾旺盛的季節哪。

8 木々が段々色づいてきました。

樹葉漸漸染上了紅色。

9 今日はずいぶん肌寒いね。

今天的氣溫相當冷哪。

Scene 13 MP3-214

冬天例年行事

常用 No.1 今朝は冷え込みがきつかったね。

今天早上的氣溫真是凍死人囉。

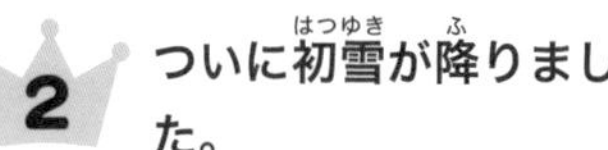

2 ついに初雪が降りました。

終於降下今年的第一場雪了。

3 一度スキーをやってみたいです。

我想嘗試一次滑雪。

4 今年は暖冬ですね。

今年真是暖冬呀。

5 大阪でも雪が降りますか。

大阪也會下雪嗎？

6 冷え症なので、冬は嫌いです。

由於我的手腳很容易冰冷，所以討厭冬天。

7 そろそろ炬燵を出そうか。

差不多該把被爐拿出來了吧？

8 2月に入ってインフルエンザがはやり始めた。

進入二月以後，流行性感冒開始肆虐了。

9 あまり着込むと肩が凝ってしまいます。

如果穿太多層衣服會導致肩膀僵硬酸痛。

MP3-215

晴天

今日は朝からいい天気です。

今天從一大早開始，就是個好天氣。

明日晴れないかなあ？

不曉得明天會不會放晴呢？

あしたは晴れのち曇りです。

明天是晴時多雲。

天気がよくて気持ちいいですね。

天氣很好，感覺很舒暢哪。

5

明日の午前中は曇りですが、昼から晴れるでしょう。

明天的天氣應該是早上陰天，但是午後就會放晴吧。

晴れた空が気持ちいい。

風日晴和，感覺通體舒暢。

晴れたら花見に行きましょう。

等天氣放晴後，我們去賞花吧。

今夜はよく晴れて星がきれいに見えます。

今晚天空無雲，星光格外閃耀。

冬の東京は晴れの日が多い。

在東京的冬季，經常都是晴朗的天氣。

MP3-216

下雨、下雪

あしたは雨でしょう。

明天大概會下雨吧。

いつまでも雨の日が続きますね。

已經下了這麼多天雨了，怎麼還下個不停呢？

おとといからずっと雨が降っている。

從前天開始，雨就一直下個不停。

静岡は晴れですが山は雪です。

靜岡的平地雖是晴天，但是山上卻下著雪。

雨が降りそうなので傘を持っていった方がいい。

恐怕快要下雨了，最好帶把雨傘出門，比較保險。

雨の日は、店を開けても客が来ない。

下雨天就算開門營業，也不會有客人上門。

あしたは晴れますが、あさっては雨が降るでしょう。

明天雖然是晴天，但是後天應該會下雨吧。

暑いし雨は降るし、いやな天気ですね。

既悶熱又下雨，真是討厭的天氣耶。

今日は寒いですねえ。雪が降っていますよ。

今天好冷喔，可能會下雪喔。

MP3-217

陰天

常用No.1 天気予報では、午後から曇るそうだ。

氣象預報說，天氣從下午開始應該會轉陰。

2 曇らないうちに布団を干しましょう。

我們快趁著還沒轉陰之前曬棉被吧。

3 まだ曇っているけれど、すぐに晴れるよ。

雖然現在還是陰天，但是立刻就會放晴的唷。

4 朝、起きたときは晴れだったが10時ごろから曇ってきた。

早上起床時還是晴天，到了十點左右就開始轉陰了。

5 今年の夏は曇りの日が多かった。

今年夏天，有很多日子都是陰陰的。

6 ロンドンやパリの冬は曇りの日が多い。

在倫敦和巴黎的冬季，總是連日陰天。

7 曇りの日は洗濯物がなかなか乾かない。

陰天時晾的衣服，總是遲遲乾不了。

8 急に曇って月が見えなくなった。

突然飄來了雲層，把月亮遮住了。

9 西の空が曇ると雨が降りやすい。

如果西方的天空雲層很厚，下雨的機率就很大。

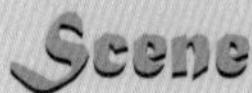

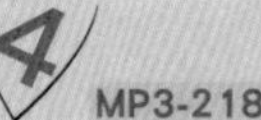

MP3-218

溫度

常用No.1 窓を開けると寒い。

一打開窗戶就會感到冷意。

2 教室が寒かったのでストーブをつけました。

由於教室裡非常寒冷，因此點起了火爐。

3 今日はずいぶん暑いですね。

今天還真是熱呀。

4 朝は涼しかったが昼から暑くなった。

雖然早上很涼爽，但是從中午開始就變熱了。

5 暑くて食事の用意をしたくない。

太熱了，根本不想煮飯。

6 寒かったので部屋の温度を上げた。

由於太冷了，所以調高了房間空調的溫度。

7 寒くて風邪を引きました。

由於天冷而感冒了。

8 10月になってやっと涼しくなった。

到了十月，天氣才總算轉涼了。

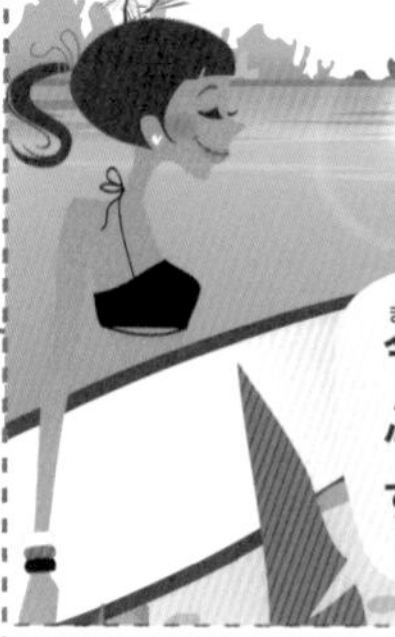

9 天気が変わりやすいから風邪を引かないように気をつけてください。

天氣多變，請小心別感冒了。

MP3-219

春

常用 No.1 早く暖かい春になればいいと思います。

我真希望暖和的春天能夠快點來到。

2 4月なのにまだ暖かくなりません。

都已經是四月了，天氣卻一點也不暖和。

3 春ですねえ。日も長くなって、だいぶ暖かくなりました。

現在真的是春天哪。不只白晝變長，而且氣溫也溫暖多了。

4 長い冬が終わってやっと春が来た。

漫長的冬天結束後，春天終於來臨了。

5 暖かい春はもうすぐです。

溫暖的春天即將到臨。

6 早く春が来ないかと待っています。

我們正期待著春天的腳步怎麼不快點接近呢？

7 今日は暖かかったですね。

今天還真是暖和呀。

8 山の雪が少しずつ消えていくのを見ると春が来たなと思います。

只要看到山上的積雪一點一滴地融化，我就覺得春天已經到了呀。

9 北海道ではやっと桜が咲いて春が来たというのに、沖縄ではもう梅雨だそうです。

北海道的櫻花好不容易才剛綻放，告知春天到臨的消息；但聽說沖繩卻已經進入梅雨季節了。

MP3-220

夏

常用 No.1 毎日暑い日がつづきます。

已經連續好幾天都是大熱天了。

2 暑い日はビールがおいしい。

在大熱天裡的啤酒滋味格外美妙。

3 夏の夜は暑くて眠れない。

夏天的晚上通常熱得睡不著。

4 暑くてあまり食べられません。

天氣太熱了，沒有什麼食慾。

5 日本の夏はフィリピンやタイと同じぐらい暑い。

日本的夏天和菲律賓以及泰國差不多熱。

6 梅雨が明けると夏だ。

當梅雨季節結束後，就是夏天到了。

7 涼しい北海道で夏を過ごしました。

我在涼爽的北海道度過了夏天。

8 夏は4時には東の空が明るくなる。

夏天早上的四點左右，東方的天空就會開始泛白。

9 北海道では夏でもストーブがいるときがあります。

在北海道，即使是夏天，有時也需要開暖爐禦寒。

Scene 7 MP3-221

秋

もう秋だなあ、庭で虫が鳴き始めた。

常用No.1 もう秋だなあ、庭で虫が鳴き始めた。

時序已經入秋，庭院裡的蟲兒開始鳴叫了。

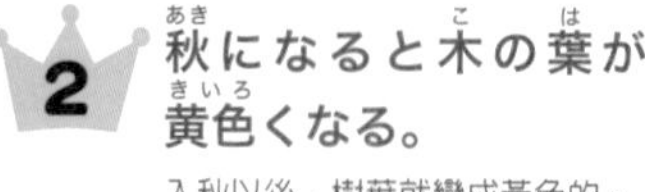

2 秋になると木の葉が黄色くなる。

入秋以後，樹葉就變成黃色的。

3 秋になると、おいしい食べ物がたくさん出てきます。

到了秋天，就會有許多當季的肥美食物上市。

4 9月になると日が短くなって、すっかり秋です。

到了九月，太陽就提早下山，完全呈現出秋天的景致。

5 秋は涼しくて食べ物もおいしく、私の一番好きな季節です。

秋天不僅天氣涼爽，而且食物又很美味，是我最喜歡的季節。

6 東京では毎日30度を超える日が続いていますが、北海道ではもう秋です。

儘管在東京還是連日超過三十度高溫的炎熱天氣，但在北海道已經進入秋天了。

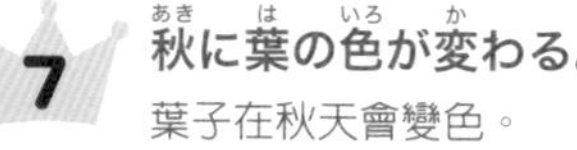

7 秋に葉の色が変わる。

葉子在秋天會變色。

8 涼しい秋風が吹いていた。

涼爽的秋風正在吹拂著。

9 涼しい風が吹く季節となりました。

時序已經進入吹起涼風的季節了。

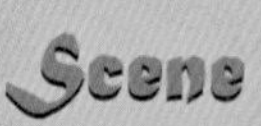

Scene 8 MP3-222

冬

常用No.1 寒い冬が来た。

寒冷的冬天已經來了。

2 冬は厚いコートがほしい。

在冬天時，希望有厚重的外套可穿。

3 寒いからストーブをつけてください。

天氣很冷，麻煩開啓暖爐。

4 寒い日は温かいコーヒーが飲みたい。

在寒冷的日子裡，就會想喝熱咖啡。

5 家の中と外では暖かさがずいぶん違う。

在家裡和戶外的溫差相當大。

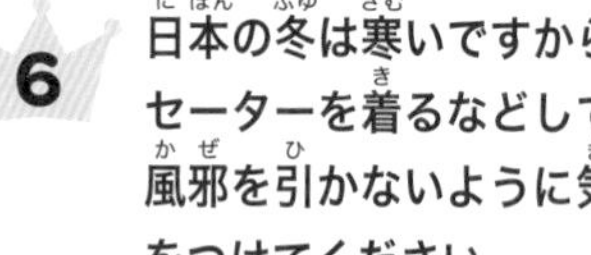

6 日本の冬は寒いですからセーターを着るなどして風邪を引かないように気をつけてください。

日本的冬天非常寒冷，請記得穿上毛衣，小心千萬別感冒了。

7 冬になるとスキーやスケートができる。

到了冬天就可以滑雪或溜冰。

8 冬は日本酒がおいしい。

在寒冬中，清酒喝起來格外順口。

9 出かけるときはストーブを必ず消します。

在出門前，一定要確實熄滅火爐。

よく出来ました。
ここまでくれば、あなたの日本語はもう大丈夫ですよ！

忘れないような言葉がありますか？

發行人 ● 林德勝
作者 ● 西村惠子・山田玲奈◎合著

出版發行 ● 山田社文化事業有限公司
臺北市大安區安和路一段112巷17號7樓
電話 02-2755-7622
傳真 02-2700-1887

郵政劃撥 ● 19867160號　大原文化事業有限公司
網路購書 ● 日語英語學習網　http://www.daybooks.com.tw
總經銷 ● 聯合發行股份有限公司
新北市新店區寶橋路235巷6弄6號2樓
電話 02-2917-8022
傳真 02-2915-6275

印刷 ● 上鎰數位科技印刷有限公司
法律顧問 ● 林長振法律事務所　林長振律師
初版 ● 2015年10月
定價 ● 新台幣299元
ISBN ● 978-986-246-338-3

山田社

STS
山田社